DOROTHY REEVES

Előző életeim

Pánikrohamaim szemszögéből

novum pro

Ez a **könyv**
e-könyvként
is elérhető

© 2024 novum publishing

ISBN 978-3-99146-773-1
Lektor: Sósné Karácsonyi Mária
Borítókép:
Armin Burkhardt | Dreamstime.com
Borító, tördelés & nyomda:
novum publishing
Illusztrációk & Szerzői fotó: Dóra Tünde

A szerző által a kiadó rendelkezésére
bocsátott képek a legjobb minőségben
kerültek nyomtatásra.

www.novumpublishing.hu

Print product with financial
climate contribution
ClimatePartner.com/16547-2311-1001

Tartalomjegyzék

A kezdetekről

Szeretettel köszöntök mindenkit, aki úgy döntött, hogy megtekinti könyvemet. Ígérem, megteszek mindent azért, hogy spirituális utamat minél élményszerűbben, tényekre, konkrétumokra alapozva és az igazság teljes hitében föltárjam önnek. Mindaz a megtapasztalás, amit itt leírok, a valóságnak megfelel, velem történt és folyamatosan történik most is.

Remélem, hogy minden kedves érdeklődőnek segíthetek egy kicsit, aki hasonló élményeken megy keresztül, gyakran elkeseredik és „nem látja az alagút végét", vagy éppen csak nem tudja, hogy mi miért történik vele. Aki még nem mélyedt el a spiritualitásban, de szeretne fejlődni, annak is igyekszem mindent érthetően föltárni.

Írásomban azt próbálom megvilágítani, hogy jelen életünk történéseit nagymértékben befolyásolják előző életeinkben tett megtapasztalásaink. Most látom magam előtt az arcát, kedves olvasó. Lehet hitetlen, esetleg kíváncsi, de az is előfordulhat, hogy azonnal leteszi a könyvet, mert kerek-perec kijelenti, hogy mindez, úgy ahogy van, egy nagy butaság. Hm. Ha tizenöt évvel ezelőtt mondanak nekem ilyeneket, akkor lehet, hogy én is teljes szkepticizmussal, vagy esetleg fölháborodással fogadom ezt a témát. Annak ellenére, hogy –így utólag visszaemlékezve – már gyerekkoromban is voltak számomra megmagyarázhatatlan megéléseim, amelyeket nem mondtam el senkinek, nehogy butának, ostobának, vagy csak „gyereknek" tartsanak, akinek nagy a képzelőereje. A döntés mindenkinek a saját kezében van, de bárhogyan is határoz, jusson eszébe, hogy nincs jó vagy rossz döntés, hanem egyszerűen csak van.

De lássuk a tényeket! Kérdezem én: történt már olyasmi önnel, hogy megmagyarázhatatlanul félt valamitől, vagy a boltban, sorban álláskor hirtelen pánik fogta el, és nem tudta, hova is tegye a dolgot? „Mitől vagyok betojva? Hiszen megvan mindenem, amire csak szükségem van, most kaptam egy jó hírt, tele vagyok tervekkel, csak úgy ömlenek belőlem a remek ötletek. Akkor mi a csuda bajom van?" Nos, velem már előfordult ilyesmi. Vagy például találkozunk valakivel, akire úgy tekintünk, mintha már legalábbis ezer éve ismernénk, s meredten nézünk rá, mint a birka. Pedig akkor láttuk először.

Esetleg elmegyünk nyaralni, és arról a helyről, ahol még sosem jártunk, mégis úgy érezzük, hogy ismerjük minden zegzugát. Hallottam olyanról is, aki álmában folyamatosan beszélt franciául, pedig tudomása szerint egy szót nem tud ezen a nyelven, az országban sem járt. Mitől van ez?

Elgondolkodott egy kicsit?

Jó hírem van: rálépett a bölcsesség felé vezető út első fokára. Mindannak, ami a jelen életünkben történik velünk – beleértve azt, hogy kik a szüleink, testvéreink, rokonaink, mit teszünk, hol lakunk, hogyan gondolkodunk, de még az is, hogy kikkel találkozunk stb. –, oka van. Nem a környezet felelős azért, ha úgy érezzük, hogy sorsunk nyomorult, másnak bezzeg jobb és könnyebb minden, hanem mi magunk. Mi felelünk a közérzetünkért, a szellemi és anyagi javainkért, egyszóval mindenért.

Úgy érzem, most megint „begyűjtöttem" magamnak pár ellenséget, de mielőtt felhúzná magát a kedves olvasó, bejelentem, hogy most kezdődik a történetem.

Engedje meg, hogy bemutatkozzam. Dóra Tünde Mária néven születtem 1971. október 22-én, Szegeden. Ne töprengjen! Csillagjegyem mérleg, aszcendensem skorpió. A 14 éves kamasz fiammal élek együtt, s már idestova tíz éve, hogy elváltam. Azt követően volt egy hosszú kapcsolatom, ami békében véget ért. Úgy látszik, az igazi még várat magára, bár ez a rövid kitérő nem felhívás keringőre. (Ez utóbbi természetesen csak férfi olvasóimnak szól.)

Én is, mint sokan mások, átestem már néhány borzalmasnak megélt időszakon eddigi röpke életem során, sőt, még most is elborzadok időnként. Ezen életszakaszokért azonban nagyon hálás vagyok így utólag, és mindazoknak, akikkel „utam" során találkoztam. Hiszen ezek árán fejlődtem és tanultam. Ma már tudom, hogy minden, ami velem történt, csak a javamat szolgálta.

Természetesen a későbbiekben még elárulok néhány dolgot az életemből, de először rá szeretnék térni arra a folyamatra, amiért ezt a könyvet írom. Tisztázásképpen, munkám kezdetének napja: **2010. június 09.** A különféle tünetek, nehézségek, amelyeket magamon tapasztaltam, 2007 augusztusának környékén kezdődtek. Csak azt éreztem, hogy nagyon erőteljes egyensúlyzavarom volt az utcán sétálva, de ugyanúgy otthon is. Egészen váratlanul tört rám bárhol és bármikor. Néha meg kellett kapaszkodnom valamiben, vagy le kellett üljek, nehogy elessek, esetleg elájuljak. Először a meleg nyárra fogtam és napszúrásra gondoltam. Kétségbeestem, mert ilyenkor bizony kemény erőfeszítésembe került az, hogy egyáltalán állni tudjak. Mindemellett pánik fogott el, ami együtt járt egy heves szívdobogással. Amikor otthon voltam, valahogy megvoltam, csöndben elkínlódgattam. „Csak az utcára ne kelljen kimennem" – gondoltam.

A barátnőmnek, J. M.-nek mindent elmondtam, és ő tökéletesen értette, mi van velem.

(Itt megjegyezném, hogy mindazokat a személyeket, akiket könyvemben megemlítek, csak kitalált rövidítésekkel, vagy a keresztnevük kezdőbetűjével fogok illetni, megőrizvén személyiségük inkognitóját.) Szóval M., akivel nagyon mély barátságba kerültem – és csak hálás lehetek, hogy találkoztam vele –, érdekes dolgokat olvasgatott az interneten. (Tudom, azt is gondolhatja, hogy ott rengeteg a „szemét", de higgye el, megannyi igazság és bölcsesség is eljut ahhoz, aki arra vevő.) M. azt mondta, hogy hamarosan sok emberben el fog indulni egy energetikai átalakulás, amely együtt jár azzal, hogy érezhetünk bizonyos tüneteket a testünkben. Ez nem ilyen bonyolult, amilyennek látszik. A régi berögzült dolgok – mint például a félelmek, aggódás, harag, gyűlölet, pletykálkodás, mások fenyegetése stb. – idővel elengedődnek. Ezeket előző életeinkből, azaz karmáinkból szépen begyűjtögettük, és sajnos jelen életünkben is „gondoskodunk" arról, hogy rakjunk hozzájuk még pár hasonlóan negatív érzelmet. Minden érzelem, és minden negatív érzelem egy energiahalmaz. Ezek helyébe lép majd egy új energia, amit szeretetnek hívnak. Mivel az ember hajlamos arra, hogy különbséget tegyen jó és rossz között, a világ abba az irányba mozdul el ezek során a változások során, hogy idővel megszűnik ez a fajta dualitás. Az emberi elmében már nem a kettősség lesz a „főszereplő", ami a folytonos ítélkezést eredményezte az *ego* hatása által, hanem csak az, hogy: „ez van". (Az *egóról* még olvashat később.) Röviden ezt szűrtem le abból, amit ő elmondott az olvasmányaiból. Azt kell, mondjam, hogy igencsak kikerekedett a szemem. Az egész dolog hihetetlennek, értelmetlennek tűnt, de mégis elgondolkodtatott. Nagyon sokat foglalkoztam, tanultam, olvastam addig is a spirituális szemléletről, és azt hittem, hogy nekem már semmi újat nem lehet mondani. (Ezekről is említést teszek a későbbiekben.) Eltelt egy kis idő, a tüneteim csökkenni látszottak. Persze M.-mel szinte napi kapcsolatban voltam – vagyok a jelen percig is –, és ha valami kérdésem támadt, hívtam. Szóval, a szédülés idővel elmúlt, de azért a „fejemben ott motoszkált a kisördög": ennek még biztosan nincs vége. Még nem nagyon érzem azt a várva várt boldogságot. Vajon honnan jöttek, pontosan mire akartak utalni, esetleg miben segítettek ezek az érzések, amelyek a kellemetlen közérzetemet okozták? Nem kellett sokat várnom arra, hogy kapjak néhány választ a kérdéseimre.

2008 januárjában a régi tünetek megint kezdtek megjelenni. Úgy éreztem, vége a világnak. Egy ismerősöm ajánlására fölkerestem T. S.-t, aki egy elég jó hírben álló, nagy tudású kineziológus. Addig nem igazán tudtam semmit erről a nagyszerű tudományról, mely az ő „beavatásával" szinte maga volt a csoda. Annyira lenyűgözött, amit csinált, hogy akkor már elhatároztam, ezt én is megtanulom. Erre még azóta sajnos nem került sor: biztosan ennek is megvan a maga oka. De nem akarok ennyire előreszaladni. Ez a tudomány az én saját igazságomból tekintve egy „kérdezz-felelek" játék. A kineziológus megkérdezi a páciens testét „igen"-nel és „nem"-mel azokról a blokkokról, amelyek a testben keletkeztek, úgy, hogy közben fogja a kezét. A test így azonnal válaszol. Az érthetőség kedvéért: megkeresi azt az eseményt, ami blokkot okozott az emberben, így az ő fizikai testében különféle tünetek, esetleg betegségek jelentkeztek. Ha megvannak ezek a pontok, a szakember kioldja őket, és megszűnik a tünet. Most visszakanyarodnék T. S.-re. Ez a hölgy fölvilágosított arról, hogy egész testünkben és testünk összes sejtjében megőriztünk minden eddig átélt információt. A következő pár sor az én személyes tapasztalataimból, olvasmányaimból, megéléseimből fakad. Jelen esetben: minden egyes gondolatunk, érzésünk változást idéz elő sejtjeinkben, így fizikai – és láthatatlan testeinkben. A fizikai (látható) testünket körbeveszi több láthatatlan testünk is. Azért láthatatlanok, mert fizikai testünk sokkal sűrűbb energiából, anyagból van, mint ezek a testek. Ők is a védelmünket szolgálják, hozzátartoznak egészséges, egységes létezésünkhöz. Még egyszer: minden gondolatunk, tapasztalatunk és érzelmünk előző életeinkből, a fogantatástól kezdve a jelenig tárolódik is. T. S. segített elengedni, oldani azt a blokkot, amelyet születésem egyik szakaszában átéltem. Többek közt felszínre került a tudatalattimból egy kellemetlen gyerekkori élmény is, ami a rossz közérzetemet okozta. Az oldás után sokkal jobban, megkönnyebbülten éreztem magam.

Néhány nappal ezen események után megjött a vérzésem, ami önmagában nem egy oltári nagy hír. Azonban nem nagyon akart elmúlni. Tizennyolc nap után számomra betelt a pohár. Annyira erőtlennek, gyöngének éreztem magam, hogy elmentem a nőgyógyászatra a barátnőm kíséretében, aki mindvégig azt állította, hogy butaságot csinálok, nincs semmi bajom.

Az orvos kétféle gyógyszert is javasolt, amit természetesen elkezdtem szedni, egészen pontosan 2008. június 18-ától. A dátumot azért tudom ilyen konkrétan, mert 2008-tól megtartottam a naptárjaimat, amelyekben a fontosabb eseményeket feljegyeztem. Örültem, mert másnapra már el is múlt a vérzés, bár a gyógyszer legtöbb mellékhatását éreztem. Aztán rá két hétre megint volt egy pár napos vérzés, és a végén kikötöttem a körzeti orvosnál. A vérnyomásom néha megemelkedett 140-150 közé, kivert a verejték, a pulzusom szapora volt. Éjjel nem tudtam aludni, néha rám tört a halálfélelem. A doktornő fölírt

11

valami vérnyomáscsökkentőt és nyugtatót, mondván, az előző gyógyszerek hozták ki ezeket a tüneteket. Kezdtem nagyon pipa lenni az egész helyzet miatt, és egyre inkább úgy éreztem, hogy az orvosoknak fogalmuk sincs néhány dologról. 2008. augusztus 7-én fölkerestem M. L.-t, egy másik kineziológust, mivel T. S. nem volt elérhető. Éreztem, hogy ezek az akkori tünetek is sokkal mélyebb „helyről" erednek. Ő is oldott valamit, viszont nem volt az az igazi megkönnyebbülés, mint amit T. S. munkája „okozott". Egy kicsit csalódtam, mert csak részben szűnt meg a problémám. Mindegy, leszűrtem belőle, hogy szakemberek között is különbség van, pedig ő is egy kedves, jóindulatú hölgynek látszott. Aztán szenvedtem még egy kis ideig, majd ismét fölkerestem T. S.-t, és jött a várva várt megkönynyebbülés. Mit gondol, mi történt ezután?

Talált, süllyedt. Kezdődött elölről az egész rémálom. Gondolom, ezeket a sorokat fárasztó lehet olvasni is, hát még benne lenni. Nem értettem, hogy amikor az oldásoktól, kezelésektől jobban leszek, miért nem szűnnek meg végleg a panaszok, hiszen pontosan ezek a tények bizonyítják, hogy nem a „most" eseményei zaklatnak föl annyira, amiért ilyen kellemetlenül érzem magam. Dühös, elkeseredett, frusztrált voltam. Ha valamit „kioldottunk", és semmi bajom, akkor mi az oka, a még mindig rossz állapotomnak?

A húgom javaslatára fölkerestem Z. N.-t, aki egy orvos-természetgyógyász hölgy, s szintén végzett oldásokat. Nagyon föllélegeztem. Úgy éreztem, hogy nála jó kezekben vagyok, és megtalálom a számításaimat. Ő szembesített azzal a ténnyel, hogy a szorongást, pánikot kell oldani. A születésem IV. szakaszában történt egy számomra negatív élmény, akkor azt „mondta" a testem, hogy ez az oka a panaszoknak. Két óra hosszát töltöttem nála, és már akkor éreztem, hogy javulok, kezdek megerősödni. „Végre vége, és célba értem" – gondoltam.

Korán örültem. **2008. október 29**-én ismét megjelentem Z. N.-nél. A két rekeszizmom közötti ponton folyamatosan „kiszippantotta" valami az erőmet. Sajnos olyan gyenge voltam, hogy alig álltam a lábamon. Akkoriban ráadásul gyakran keltem hajnali négy-öt óra között, mivel hatra jártam dolgozni. Z. N. „kiderítette" testem válaszaiból, hogy a korai kelés volt az oka ennek az érzetnek. Valahol sejtettem, hogy ez így van. Visszavezetett a születésem III. szakaszába, ami elmondása szerint a tüdő aktiválódásának ideje. Az egészet még tetőzte az a tény is, hogy reggel öt órakor születtem. Ugye, milyen érdekes? Egy „kizárólag" nyugati orvos mit kezdene egy ilyen tünettel? Megállapítaná, hogy semmi bajom, az egész biztosan pszichés eredetű, ha meg rosszindulatú is, föltételezi, hogy talán nem akarok dolgozni, és kijelenti, hogy nem tud mit tenni. Szerencsére kihagytam ezt az élményt, de sajnos tudom, hogy hogyan működnek a dolgok. Ezek után végleg megszabadultam ettől a „beszippantós" érzéstől. Megettem a részemre készített homeopátiás szereket, és mondogattam a napi megerősítéseket, melyeket fölírt még nekem. Jól lettem.

Majd egy egészen más típusú nehézség következett. Ez év decemberében ismételten megjött a menzeszem (sokáig kimaradt), ami úgy tűnt, hogy megint tartani fog a végtelenségig. Képzelhetik: minden tartalék türelmem és erőm elfogyott.

2009. január 28-án nőgyógyászati küreten voltam a klinikán, ami után kezdtem megnyugodni. (Titokban még mindig bíztam egy kicsit az orvosokban, nem tudom, mi okból kifolyólag.) Két hétre rá elmúlt a vérzés, így föllélegezhettem. Aztán, mit ad Isten, február közepe táján újra elkezdődött. Annyira elkeseredtem, hogy kétségbeesetten rohangáltam fűhöz-fához segítségért. Kerestem egy másik nőgyógyászt, hátha az „okosabb" a többinél, aki fölírta ugyanazt a gyógyszert, amit előző évben beszedtem, érezvén az összes mellékhatását. Mondtam, hogy az nem jó. (Ki sem váltottam.) Erre ő széttárta a kezét, és teljes tanácstalanság áradt a tekintetéből. Majd következett az endokrinológus, aki megállapította, hogy PCO. Azzal biztatott, hogy ez tulajdonképpen nem betegség, hanem egy hormonális állapot, ha gondolom, szedjek fogamzásgátlót, és ezzel el volt intézve. Hiába hajtogattam, hogy nem bírja a szervezetem ezeket a szereket, megint csak az üres, értetlen ábrázatot láttam. Gyönge voltam, levert, és ismét tanácstalan. Természetesen anynyira szerettem volna meggyógyulni, hogy kerestem egy másik természetgyógyászt, aki különféle tisztításokkal, akupunktúrával, energetikával, homeopátiával kezelt. Istenien éreztem magam a kezelés közben, holott tisztában voltam vele, hogy ez is „csak" egy tüneti kezelés. Megerősödtem a rendszeres járástól, annak ellenére, hogy a vérzésem nem múlt el, csak csökkent. (Ebben az időben a pánikot szerencsére nemigen éreztem.) Ez a hölgy megvigasztalt; ne aggódjak, semmi bajom, a hormonrendszerem igencsak fölborult a sok beavatkozástól. Körülbelül 2009. június közepéig tartott ez a folyamat, kisebb-nagyobb megszakításokkal. A vége felé már türelmesebb voltam magamhoz, de még mindig érteni akartam az egészet. Nem tudtam belenyugodni, hogy miért történik ez velem. Rám vall, hogy közben járogattam más kineziológushoz, szakemberhez is, hiszen biztos voltam benne, hogy valaki csak választ ad a kérdésemre. Kiderült, hogy valamikor a nővé válásom idején sérülhettem, és azért volt ez a rengeteg vérzés. Elkezdtük föltárni az okokat, és a jelen életemből hirtelen sok minden a felszínre került ezzel kapcsolatosan. Nem gondoltam volna. Gyakorlatilag tizenhat – és huszonkét éves korom között történtek olyan események, amelyek során erősen csökkent az önbizalmam, sokféle atrocitás, szégyenérzet ért. Pontosabban, így éltem meg azt az időszakot. Akkor szépen a szőnyeg alá söpörtem azokat az úgynevezett fiútémákat. Amikor az ezzel kapcsolatos összes létező gócpontot „kibogoztam" segítséggel, és még mindig véreztem, már nem tudtam mire vélni a dolgot.

Elkezdtem nyaggatni M. barátnőmet, mit tegyek. Ő más szemszögből igyekezett megvilágítani a dolgokat. Tulajdonképpen világosan a tudtomra adta, hogy nem vagyok teljesen komplett. Rohangálok ide-oda segítségért, egy nagy csomó pénzt elköltöttem, odaadtam másoknak, ahelyett, hogy végre magamat kérdezném meg arról, hogy mi van. „A pénzköltésben teljesen igaza van" – gondoltam, de nem igazán értettem, hogy a csudába kérdezzem meg magamat. A lelkem mélyén mégis úgy éreztem, hogy egy kicsit minden ember segített, akihez fordultam, annak ellenére, hogy az igazi választ nem kaptam meg. Hálás vagyok nekik, mert mindegyikőjüktől tanultam valamit, amely tudásból leszűrtem a saját „magam igazságát".

Szóval ott tartottam, hogy M. azt mondta, csukjam be a szemem és nézzek a szívembe, majd a lelkem megadja a választ. Akkor számomra megtörtént a csoda. Hogy, hogy nem, elkezdtek valahonnan mindenféle képek beugrani. Teljesen biztos voltam benne, hogy nem a képzeletem szüleményei, nem látomások és álomképek. Megtörténtek velem, én vagyok a főszereplőjük. *Elkezdtem emlékezni.* Csodálatos, fantasztikus, félelmetes, izgalmas volt mindez egyben. Szembenéztem magammal; egyedül. Mindent újból átéltem, ami már egyszer megtörtént velem. (Arra, hogy miért jó, ha az ember emlékszik, és átmegy a már megtörtént régi folyamaton, egy későbbi „tanító" adta meg a választ.) Akkor tudatosult bennem igazán, hogy ez a reinkarnáció, vagyis a lélekvándorlás. Sajnos, ebben az időben ezeket az emlékeket még nem jegyeztem föl, így az írásomban ismételten „megkérem" magamat, hogy próbáljak meg emlékezni mindarra, amit már láttam, tudván azt a tényt, hogy a múlt eseményei nem fognak még egyszer fölkavarni, hiszen már megszűnt a negatív hatásuk.

De nem akarok ennyire előreszaladni, megpróbálok még néhány dologra rávilágítani, a megértés és az elfogadás végett. Kérem, nyugodtan dőljön hátra, nemsokára elérkezik a legizgalmasabb rész is, azaz az emlékképek fölidézése! Türelem, türelem, türelem.

Most az jön, amit még nem tudnak rólam, és nem is igen szoktam mondani azoknak, akikkel mostanában találkozom. Jelenleg **2010**-et írunk, s én idestova már nyolc éve gyakorlom a jógát. Ez a tudomány gyakorlati és elméleti ismereteken alapszik. A tökéletes testi-lelki egészséget jelenti, s a folyamatos, rendszeres gyakorlás, napi meditáció útján pedig elérhetjük a belső békét, még akkor is, ha a környezetünkben minden a feje tetején áll. Igen, megint látom magam előtt a csodálkozó arcát. Ha ezt gyakorolom, akkor miért nem érzem jól magam a bőrömben, mégis? Ezt a kérdést én is föltettem magamnak egy párszor. Pontosan ez az oka annak, hogy nem dicsekedtem el vele. Nem nagyon lennék

15

hiteles. Igaz? Szóval, azt vettem észre magamon, hogy az egyes gyakorlatok, ászanák után feltöltődöm energiával, nyugodt vagyok, sikerül lecsendesíteni az elmémet. Viszont, a későbbiekben nem marad meg tartósan a nap folyamán ez az állapot. Ennek a kérdésnek a miértje akkor fogalmazódott meg bennem, amikor még nemigen tudtam azt, hogy a karmáim (előző életeim) a felszínre törnek. A jógaiskolában „karmaégetésről" tanított az oktató. A kineziológia az oldást, elengedést hangsúlyozza. Mindkettő igaz, és rendben van. Az „égetés" azt jelenti, mintha megelőznénk a bajt. Minden múltbeli történést „elégetünk" különféle módszerekkel, így azok már nem zavarhatnak bennünket a jelenben és a jövőben sem. Magyarul, nem érezzük a negatív hatásukat. Természetesen ezzel a pozitív karmánk is eltűnik idővel, amikor úgymond „jók" voltunk, de ennek nincs különösebb következménye. Az oldással viszont azokon az eseményeken dolgozunk, amelyek már elkerülhetetlenül megérkeztek a felszínre, és érezzük negatív hatásaikat. Na, hát ez az, ami nemrég „esett le". Valamilyen oknál fogva nem nagyon foglalkoztam ezzel a „karmaégetéssel", amikor pedig már elkezdtem volna a meditációt, késő volt. Ha csináltam, akkor is elindult a lavina. Ennek valószínűleg így kellett történnie. (Persze ki ne örülne annak, ha kínok nélkül tudna átmenni az élet útjain?) Jómagam talán sosem jöttem volna rá arra, hogy tudok emlékezni, és nem születne meg ez a könyv sem, ha minden olyan simán ment volna.

A jógában léteznek olyan hosszan tartó technikák, úgymond feladatok, amelyek segítségével bepillantást nyerhetünk az előző életeinkbe. Nyilván ezek titkos tanítások, csak a beavatottak tudhatnak róla. Amikor a társaimmal erről beszélgettünk, és elmondtam nekik, hogy én ezek nélkül is képes vagyok emlékezni, elcsodálkoztak, hiszen egyikükkel sem fordult még elő ilyesmi. Azt hitték, talán végeztem valami reinkarnációs tanfolyamot. Pedig a képek maguktól jöttek, és jönnek a mai napig is.

Remélem, így már sikerült megértetni azt, hogy miért nem beszéltem a jógáról.

Most pár szó magamról, aztán egy kis tudomány. Közben vegyen néhány mély levegőt, meglátja, jót tesz!

Amint már az elején írtam, Szegeden születtem, nevelkedtem, és élek ma is. A gyerekkoromban az volt a legpozitívabb, hogy minden évben utazgattunk valamerre, leginkább a Balatonra, a nyári szünetben. A mindennapokról sajnos már nincsenek ilyen jó élményeim. Túl sok önbizalmat sosem kaptam, de megfogadtam, hogy nem ítélkezem a szüleim felett: valószínűleg ők is azt a mintát adhatták tovább nekem, amit otthonról hoztak. Visszaemlékezve, gyerekként is volt néhány igen bölcs gondolatom, amit sosem mondtam el senkinek. Az óvodában egy gömb alakú mászóka tetején egyedül ülve fogalmaztam meg azt, hogy óvónő leszek, ha megnövök, mégpedig azért, mert úgy gondoltam, hogy én teljes odafordulással fogok figyelni minden gyerekre, és igyekszem megismerni őket. (Ebből az következik, hogy akkor nem ez történt.) Ha ezt a hivatást már egy kicsit is nem szeretem, vagy nem tudom betartani, amit megfogadtam, akkor otthagyom a pályát. Közben ott a magasban figyelve a többi gyereket, azt láttam, hogy bárhova nézek, mindegyik nagyon „gyerekesen" viselkedik. Folyton marakodnak, veszekednek még a lányok is, de hogy minek? Van ennek valami értelme? Miért nem lehet egymás mellett nyugodtan meglenni? Szinte szó szerint ez fogalmazódott meg bennem. Lehet, hogy már itt tudtam valamit?

Mindenesetre a teremtés, amit akkor ezekkel a gondolatokkal létrehoztam, tökéletesre sikerült. Óvónő lettem, amit eleinte teljes szívvel-lélekkel csináltam. Nagyon szerettem. Aztán később már csökkent a lelkesedés. Belekóstoltam a biztosításba, hogy több legyen a pénzem, majd voltam menedzserasszisztens, megtanultam a reklámgrafikát, de néha mindig visszakanyarodtam az eredeti pályára. Az utolsó óvónős ténykedésem 2008 szeptemberétől 2009. januárig tartott. Ebből a sokféleségből semmit nem szégyellek, hiszen igazán úgy tudunk elindulni egy fejlődésen, ha több mindennel, mindenkivel megismerkedünk, tapasztalatokat szerzünk. Mindemellett elmondhatom, hogy bármit, amibe belekezdtem, maximálisan és teljes odafordulással végeztem.

Visszatérve az előző időpontra. Nem véletlenül hoztam szóba. A tünetek idején – melyek **2007 augusztusában** kezdődtek – már nem volt munkahelyem, takarítani jártam, otthon készítgettem névjegykártyákat, hiszen pénzt muszáj volt keresni. Nagyjából „elvegetálgattam" valahogy, a saját időbeosztásom szerint. A legutóbbi időpontban, amikor óvónőként dolgoztam, elég nagy volt a hajsza. A napi nyolc órát igencsak meghaladta a sok feladat, amit a főnök kitalált nekünk. Volt, mikor tizenhárom-tizennégy órát is ott dekkoltam az oviban. Képzelje csak el: ott van az a rengeteg problémás gyerek, a sok feladat, meg az én „kis kedves" pánikom. Nagyon nehéz volt. Sem a gyerekekre, sem a plusz feladatokra nem tudtam odafigyelni maximálisan. Az energiaszintem estére gyakorlatilag nullára csökkent. A teljes kipurcanás határán álltam. A legtökéletesebb megoldás az volt, amikor otthagytam. Abban a pillanatban nem érdekelt, hogy nem lesz pénzem, mi lesz ezután, csak az éltetett, hogy el innen, majd lesz valahogy. A következő munkahelyem a mozi lett, ahol jegykezelőként tevékenykedtem. Ez egy rövid idejű szerződéses munka volt, amely 2009 novemberétől 2010. márciusáig tartott. Azt, hogy a két munkahely közötti időben, egészen napjainkig, milyen szellemi fejlődéseken mentem keresztül, már a tényleges, konkrét visszaemlékezésekben, történetekben fogom megemlíteni.

Most pedig, hogy közeledünk a célhoz, néhány szót szeretnék még szólni az *értelemről*, majd egy kicsit konkrétabban az *előző életekről*. Szerencsére már a tudomány is kezd „ébredezni", de ne ijedjen meg, ezt is a saját igazságom, meggyőződésem szerint fogom ön elé tárni, mely tudást eddigi olvasmányaimból, tanulmányaimból gyűjtöttem össze, természetesen „magamra szabva". Akkor kezdjük!

Az orvostudomány szerint az *értelem* az agy egyik funkciója. Ez valójában így nem pontosan helyénvaló. A bölcs, megvilágosodott emberek az értelmet a „szívből" eredeztetik. Azaz lelki testünk része, de ennek ellenére a fizikai síkban az agyon keresztül nyilvánul meg. Tehát az agy nem egyenlő az értelemmel. Ő segít nekünk abban, hogy kapcsolatot tudjunk tartani a fizikai síkkal. Az értelemben találhatók a tudatalattiban lévő

18

emlékeink, gondolataink, érzéseink, érzelmeink, gondjaink stb. Ezek alapján az értelem megismer, emlékezik, vágyakozik, tervezget, döntéseket hoz, akaratát megvalósítja.

Egy másik, lágyabb síkon a homlokcsakrában van a központja, mely a homlok közepén, közvetlenül a szemek fölött, a szemöldökök fölötti tér középpontjában található harmadik szem. Amikor meditálunk, befelé fordulunk, ez a csakra azonnal aktivitásba lép, megtelik energiával. Ha ezt az erőközpontot gyakran dinamizáljuk, lehetővé teszi, hogy még tisztábban lássunk. Így a fizikai látásnál egy mélyebbre hatoló, érzékelést adó látásmódot nyújt nekünk. Tökéletes irányítóközpontról beszélhetünk, melytől az egész érzelmi rendszerünk függ. Lehetővé teszi, hogy újra bepillanthassunk korábbi létezéseink emlékeibe, érzékelve lelkünk reinkarnációit az ún. fizikai halál után. Vagyis megkapjuk azt a képességet, hogy önmagunkba lássunk.

Visszatérve az értelemhez: ha elmém elcsendesül, a homlok- és szívcsakrám között egy aranyfényű „zsinórt" látok megjelenni. Gondolom, ez jelentheti azt, hogy az értelem valójában a „szívből" ered. Ahhoz, hogy mindez világosabb legyen, képzeljen el egy lufit, melyet úgy fújunk föl, hogy alul egy kisebb, majd középen egy nagyobb gömbből, és végül a tetején egy még nagyobb részből áll. Ez az egész a mi értelmünket illusztrálja.

A legkisebb gömbben helyezkedik el az *alacsony szintű értelem*. Ebbe szépen belepakoljuk mindazt, amit környezetünkben érzékelünk érzékszerveink által. Ilyenkor még nem értékelünk, döntünk semmiben, csak tudomásul vesszük mindazt, amit érzékelünk. Például tudomásul veszem azt, hogy látok egy zsiráfot. (Vajon honnan jutott eszembe a kedvenc állatom?)

Aztán jön, az *ego*, vagyis az *én-érzet*, melyet ugyanebbe a pici gömböcskébe helyezünk. Ez a terület már meghatározza a bejövő érzethez való viszonyunkat. Vagyis: létrejön egy személyes megtapasztalás, szubjektivitás. Én vagyok az, aki a zsiráfot látom. Ennek a területnek köszönhetjük, hogy kirekesztettnek, elszigeteltnek érezzük magunkat, mintha nem tartoznánk bele az *Egységes Istenibe*, az *Univerzumba*, a *Tökéletesbe*. Előfordult már önnel, hogy egy fontos feladat előtt állt, mely nehéznek, megpróbáltatónak bizonyult? Biztos vagyok benne, hogy már többen átéltünk ilyen pillanatot. Jómagam nagyon gyakran. Ilyenkor sokat dilemmázok, agyalok, izgulok stb., holott a lelkem mélyén tudom, hogy nincs mitől félnem, de mégis ott vannak azok a bizonyos kétségek. Vagy ha lepörgetem előre a történetet magamban úgy, hogy minden összevág, aztán csak jön egy gondolat, hogy ez mégsem jó, mi van, ha nem válik be, teljesen buta vagyok, ez mégis egy nagy ostobaság – és még sorolhatnám. Sokszor vannak megérzéseink, melyeket aztán gyorsan el is hessegetünk magunktól, elkezdünk kételkedni: „ez biztos nem is igaz". Teljesen lehetetlennek tűnik, amit érzünk, holott bepillantást kaphatunk valamibe, figyelmeztet a lélek, de az ego közbeszól: vigyázat, mindez valótlan. Érezzük, hogy máris elszigetelődtünk? Azt, hogy ez a sok hirtelen bekapcsolt negatív dolog nem azonos velünk? Ezek nem mi vagyunk. Csak és kizárólag az ego képes ilyen és ehhez hasonló negatív gondolatokat teremteni. Nagyon fontos, hogy ne azonosítsuk magunkat értelmünk ezen részével. Ha hagyjuk magunkat egónk által befolyásolni, sodorni, így sohasem fedezzük föl saját magunkat – az Univerzum igazságát, az isteni valóságot.

Egyes tanítók, segítők azt mondják, hogy nagyon jó helyen van ott az ego, ahol van, nem szükséges feladni. Jómagam nagyon megvolnék nélküle, és talán egyszer sikerül is elköszönni tőle. Valószínűleg az még odébb van, mert bizony még gyakran megjelennek ezek a lehúzó, ítélkező gondolatok. Ami persze a tudatossággal, az éberséggel csökkenthető, és átterelhető a pozitív dolgokra. Van, akinek ez könnyebben, rövidebb idő alatt sikerül. Mindenesetre az ego a megvilágosodás megtapasztalásáig minden emberben ott lakozik. Véleményem szerint azóta „költözhetett belénk", mikor kisgyermekként megtapasztaltuk az éntudatot, melyet a pszichológia oly gyakran emleget.

Képzeletbeli lufink következő gömbjébe az *intellektust* helyezném. Ez a rész a döntéshozatalt teszi lehetővé. Segítségével a valóságról egy stabil felfogást nyerünk, így személyiségünk harmonikusan fejlődhet. Egy meghatározott és stabil életfilozófiánk lesz. Meghatározza erkölcsi normáinkat, esztétikai értékeinket, érzelmi intelligenciánkat. Ez a terület időnként beleolvad az értelem feletti egységbe, melyet ezután fogok megemlíteni.

Most pedig következik az a bizonyos *tudatalatti*, melyet oly sokszor emlegetünk, és sok mindent megvilágít a későbbiekre nézve. Ezt az intellektussal egy gömbben helyezném el. A tudatalatti mindig működik: ébrenlétben, álomtalan állapotban, alvás közben, sokkos vagy kóma állapotában is. Ezért azt lehet mondani, hogy ösztönös értelemnek is tekinthető, mivel anélkül, hogy tudatában lennénk, szabályozza a keringést, légzést, kiválasztást – mindazon működéseket, melyek biztosítják a fizikai testünk fönnmaradását. Gyakorlatilag a vegetatív idegrendszer összes működése az ellenőrzése alatt áll. „Ő" az alapja értelmünk működésének is. Mindannyiunk tudatalattijába örökre elraktározódik minden emlékünk, múltbeli, előző életbeli tapasztalatunk és cselekedetünk. Amikor bizonyos rezonanciák, feltételek megteremtődnek (később beszélek arról, hogy mi kapcsolhatja be a karmák felszínre törését), akkor ezek az emlékek megjelenhetnek akár álom-állapotban, de saját tapasztalataim szerint egy tökéletesen éber tudatállapotban is. Tudatalattink egy nagyon hálás terület tehát, hiszen nincs személyisége, teljesen kötetlenül cselekszik, mindenféle elvárás nélkül.

Ezek után következik az *értelem feletti* tudatállapot, melynek a helye a legnagyobb képzeletbeli gömbünkben található. Nevezhetjük *Tiszta Tudatnak*, vagy *Egyéni Önvalónak*, de legvilágosabban egy tudatfeletti állapotnak. Ezen a területen érzékelhetjük lényünk legvalóságosabb, legigazibb, legtisztább valóságát. Ilyenkor megszűnik minden gondolatunk, nem kombinálunk, nem teremtünk kétségeket. Az ego uralma lecsökken vagy eltűnik, az emberben megnyilatkozik a tökéletes isteni személyiség. Egy végtelennek tűnő békét, harmóniát, tiszta létet, tudást, belső harmóniát és boldogságot érzünk. Nincs pszichikai fájdalom, megszűnik minden zavar. Az *értelem feletti* az emberi lényben az isteni intuíció megnyilvánulása.

Érdekességek, fejtegetések az előző életekről

Sok olyan ember van, aki már kezd „ébredezni", és gyakran fölteszi magának a kérdést, vajon mi az oka annak, hogy szegényen él, pedig látástól-vakulásig dolgozik; miért nem talált rá az igazira, miért megy nehezen a tanulás; miért nem utazhat el olyan helyekre, ahova mások – és még sorolhatnám. Ha ezek az emberek kellőképpen nyitottak, kíváncsiak, valóban foglalkoztatják őket a feltett kérdések, akkor eljutnak oda, hogy föltárják, megismerjék karmáikat. Mert bizony mindez a hiányérzet nagyon mélyből, a múltból ered. Nem kevesen tettünk például szegénységi fogadalmakat, amely fogadalom végig is kíséri jelen életünket mindaddig, míg föl nem oldjuk.

Egy másik késztetés a múlt megismerésére azon konkrét problémákból adódik, mint a meggyöngült egészségi állapot (lehet a kimerültségtől a különféle szervi problémákig), fájdalmak, magatartási zavarok, meghatározhatatlan félelmek, fóbiák, kényszerességek stb.

Nekem a pánik jutott, így magamat is ezen utóbbi csoportba sorolnám, bár manapság más dolgok is érdekelnek, mint például az a sokat emlegetett, járványszerű pénzhiány. A pénzt természetesen nem halmozni szeretném, hanem értelmesen fölhasználni úgy, hogy mind a magam, mind más emberek fejlődését szolgálja.

Bepillantva a reinkarnációkba, az ember megismerheti szenvedéseinek valódi okait. Ezen felül elérheti azt is, hogy saját magát jobban értékelje, elfogadja, tisztelje és szeresse. Csodálatos erkölcsi felemelkedésen mehetünk keresztül. Ha annak idején mi okoztunk valami traumát másoknak, akkor magunk felé gyakoroljuk a megbocsátást, ha pedig bennünket értek sorozatos csapások mások által, akkor azoknak a személyeknek bocsátunk meg. Így minden fájdalomtól, komplexustól megszabadulhatunk. Végleg megszűnhetnek pszichoszomatikus betegségeink, melyekkel a jelen terápiák nemigen tudnak mit kezdeni. Itt azért meg kell jegyeznem, hogy az ember pluszban még a jelenben is „gyárthat" magának sok-sok gondot, mivel mi magunk felelünk tetteinkért. De ha föltárjuk karmáinkat, képesek leszünk alkotó módon megváltoztatni előbbi, behatárolt és hibás gondolkodásunkat.

A reinkarnációk célja mindig az tehát, hogy az ember szellemileg tökéletesedjen. Ha már az ember egy életben elérte a tökéletesség állapotát – amely már megvan bennünk, csak felszínre kell hozni –, nincs oka arra, hogy újrakezdje az egész tanulási folyamatot. Nem kell még egyszer megszületni a fizikai halál után, és végigmenni újabb és újabb megpróbáltatásokon. Nem öltünk újra fizikai testet (csak ha ezt választjuk), lelkünk tökéletes egységet alkot az isteni eredettel.

Érdekességként megjegyezném: a Kr. u. 1-3. század környékén a gnosztikusok is azt hirdették, hogy a lélek, Isten az emberben van, amely egyenlő a Mindenséggel. Szerintük a Megváltónak is azért kellett meghalnia, hogy lelke kiszabaduljon teste börtönéből és tovább éljen.

Találtam egy ide illő gondolatot még a Védák könyvéből, mely szerint: „Amikor a tudatlanság miatt a kettősség uralkodik, minden dolgot az Éntől különállónak tekintünk. Amikor azonban mindent Énként tudunk, még egy atomot sem tekintünk az Éntől különbözőnek...

Mihelyt szert tettünk a tudásra a Valóságról, többé már nem kell megtapasztalnunk a múlt cselekedeteinek hatását, amelyeket a test valótlansága szült, ahogyan ébredés után sem álmodunk tovább."[1]

Most azonban még visszatérnék magamra. Rengeteg életem volt, melyekben sajnos pánikoltam. Mivel akkor, abban az időben nem tudtam megszabadítani magam igazán a különböző félelmektől, elfojtottam őket, ezért a jelen életre maradt az a feladatom, hogy teljes mértékben föloldjam ezt a nagyon kellemetlen állapotot. Annak, hogy mi indítja el ezt a folyamatot – vagyis a

---

1 Paramahansza Jogananda Egy jógi önéletrajza című könyvéből

23

pánikroham mikor, hol és miért tör rám –, többféle oka lehet. „Beugorhat" valami egy helyszín által, vagy meglátok egy új arcot, akivel valamikor a múltban már találkoztam, de egy egyszerű gondolat is rögtön tüneteket okozhat. Az én esetemben már mindez annyira „gyakorlatiassá" vált, hogy szinte egymás után jönnek akkor is, amikor nem „kukkantok bele". Az egyik maga után ránt egy másik eseményt. Mindezt úgy kell elképzelni, mint amikor fölszalad egy szem a harisnyánkon. Mi történik akkor, ha nem dolgozzuk el azt a szemet? Ha az első lebomlik, bomlik utána a következő. A karmák esetén is ez történik. Magamon tapasztalva a tüneteimet mindaddig érzem, amíg az összes ilyen életet föl nem oldottam. Csak ezután szűnik meg minden negatív hatás.

Ennyi bevezetés, úgy gondolom, elég ahhoz, hogy a következőkben már rátérhessek tényleges életeim visszaemlékezéseire.

Kérem a kedves olvasómat, próbálja meg „kívülről" szemlélni a történteket, mintha csak egy történelemkönyvet olvasna! Szóval ne élje bele magát, mert egyes események elég megrázóak, felkavaróak lehetnek! Ezek az én életeim, velem történtek, véletlenül se „vegye magára" őket!

Konkrét visszaemlékezések az előző életeimre, és párhuzamos kitérők a jelen eseményeire is

A történeteket onnan kezdeném, amikor a női problémáim kerültek előtérbe. *2009. elejére* térnék vissza. Már megvolt az apró műtéti beavatkozás, aztán a vérzés is megmaradt. Ismét rohangáltam fűhöz-fához segítségért, és végül a barátnőmnek sikerült leállítania. Azt tanácsolta, nézzek magamba. Otthon voltam egyedül, csönd volt, gondoltam, megteszem, veszíteni nem fogok semmit. Megkérdeztem magamtól, mi az oka annak, hogy nem akar elmúlni a vérzésem. A kép szinte azonnal, kristálytisztán megjelent. Sajnos akkor még nem jegyeztem le mindezt, most emlékezetem segítségével megpróbálom még egyszer fölidézni a képeket, amelyeket akkor láttam. Ezeknek már nincs negatív hatásuk, mivel ezt a történetet már újraéltem korábban, amikor megtörtént az oldás.

(Elöljáróban csak annyit, hogy a cselekményeket – leíró stílusban, párbeszédek nélkül – úgy jegyzem le, ahogy láttam, semmihez nem teszek hozzá semmit, nem kombinálok, mert akkor azok tartalma már nem lenne igaz. Érkezésük nem kronológiai sorrendben történt, hiszen egy középkori történelmi időben átélt élmény után előfordult, hogy a következő oldás az ókor környékén lehetett. Ha viszont megjelenik előttem, hogy az esemény megközelítőleg vagy pontosan mikor keletkezhetett, akkor azt is megemlítem. Tudni kell, hogy az iskolában megtanult történelmet nagyjából teljesen elfelejtettem, tehát az eszemmel nemigen tudom befolyásolni azt, hogy hogyan nézzenek ki az egyes ruhák, a környezet, vagy talán a tárgyak, berendezések. Még egyszer tehát leszögezném, hogy minden írásom, visszaemlékezésem saját valóságom, igazságom hitében született.)

Az *első emlékképet*, történetet *2009 júniusában* láttam.

Egy házban tartózkodtam a férjemmel. Magas falakra, és fából készült bútorokra emlékszem. Este gyertyával világítottunk. Én babát vártam, még nagyon kicsi volt a hasam, de már látszott. Nem dúskáltunk a gazdagságban, de amire szükségünk lehetett, azt megkaptuk az élettől. Nyár volt, a szűk utcákon a házak szorosan egymás mellé épültek. Figyelgettem az embereket a városban, a módosabb férfiak sétapálcával, a nők napernyővel járták a tereket. A férjem egy reggel elment dolgozni, én otthon maradtam egyedül. Hosszú, sötétbarna hajamat kibontva hordtam, ruhám a földig ért. Nagyon szerettem kézimunkázni, épp a széken ülve hímezgettem valamit, amikor éreztem, hogy vérezni kezdek. Rögtön tudtam, hogy elvetéltem. Odatámolyogtam az ágyra, és lefeküdtem. Estére hazatért a férjem. Azonnal látta, hogy baj van. Nagyon rosszul éreztem magam nemcsak fizikailag, hanem lelkileg is. Annak ellenére, hogy a társam rajongásig szeretett, kértem őt, hogy ne haragudjon rám. Folyamatosan gyötört a bűntudat, magamat okoltam, amiért nem voltam képes kihordani a gyereket. Az események végén a férjem átölelt, és valami olyasmit mondott olaszul, hogy lehet még gyerekünk.

Ezek után megkérdeztem a Fölöttes Énemet (a pszichológia is elismeri ennek létezését, mely véleményem szerint egy védelmező, válaszadó, irányító „részünk", és egy aranyszállal köt bennünket össze az Univerzummal), hogy mikor élhettem át mindezt, és azt a választ kaptam, hogy a 18. század végén.

Amikor már csak egy nagy ürességet láttam, éreztem, hogy ennyi az élményem, és kicsit megkönnyebbültem. A képek „nézése" alatt pedig olyan érzetem volt, mintha mindez most történne velem. Ugyanúgy átéltem azokat a fájdalmas pillanatokat, amiket akkor. Szinte megborzongott mindenem; nem is hittem volna, hogy ilyen létezik, ha nem a saját bőrömön tapasztalom. Fogalmam sem volt igazán arról, hogy hogyan tudnám magam föloldozni. Akkor csak egyetlenegyszer „játszottam" le ezt az eseménysort.

Azt tudni kell, hogy ezen a nyáron nagyon sokat hallgattam egy magyar spirituális tanító szavait (B. V.), aki sokat beszélt a megbocsátásról, és előadásait saját tapasztalataival illusztrálta.

Emlékezvén szavaira, saját történetem után, még mindig csukott szemmel arra gondoltam, hogy megbocsátok magamnak azért a bűntudatért, amit akkor éreztem. És igazán ekkor kezdtem fölszabadulni. Fantasztikus élmény volt.

A vérzésem ezek után rohamosan csökkent, azt a keveset, ami még tartott júliusban, egy tisztulási folyamatnak fogtam föl, aztán az is elmúlt.

Amikor ennek vége lett, júliustól szeptemberig megint egy pánikos időszak következett.

(Ha megengedi, megengeded, szeretném írásomat *tegező viszonyban* folytatni. Úgy érzem, könnyebb így írni, és talán közelebb kerülhetek olvasómhoz, és te is hozzám.)[22]

Szóval ismét a pánik. Itt két történetet szeretnék veled megosztani, mivel csak ennyibe „kukkantottam" bele.

Az oldás *2009 júliusában* történt. Tisztán emlékszem, hogy a ligeten sétáltam keresztül, a postára igyekeztem befizetni a csekkeket, amikor olyan irgalmatlanul erős egyensúlyzavaros szédülés fogott el, melyet már régen éreztem. Megfájdult a fejem, sajgott minden porcikám, pulzusom szapora volt, és rettenetesen féltem. Hogy mitől, ott nem jöttem rá. Nem nagyon tudtam lecsillapítani magam, leültem egy padra, arra várva, hogy idővel könynyebb lesz. Körülbelül negyven perc elteltével be tudtam menni a hivatalba – amihez már közel jártam –, mert egy kicsit gyöngült ez a súlyos pánik. Aztán hazafelé menet is meg kellett néha pihennem. Otthon pedig egyenesen beborultam az ágyba. Persze rögtön hívtam M-t, és amikor kezdtem volna elveszíteni a türelmemet, megint azt tanácsolta, hogy magamban keressem mindennek az okát. Ezután nem sokkal már el is kezdtem emlékezni.

Egy idősebb ember voltam, olyan hatvanöt év körüli férfi. Hajam és kis szakállam szintén ősz volt. Gyalogoltam fölfelé egy hegyen, annak tudatában, hogy meg leszek büntetve. Két erős személy kísért,

---

2 Írásomat bátorkodom tegező viszonyban folytatni.

és még két, kereszténynek látszó ember. Nyakukban egy-egy óriási kereszt lógott, hosszú vörös ruhában voltak, világos színű palásttal a vállukon, fejükön süveg. Rajtam egy egyszerű, hosszú vászonruha volt, és mezítláb gyalogoltam. Utánunk jött még pár ember a népből. Nemsokára fölértünk a hegy tetejére, ott is várt két jól megtermett férfi. Egy hordót tartottak a kezükben. Bele kellett másznom a hordóba, melynek azonnal rácsukták a tetejét. A réseken még kaptam egy kis levegőt. Aztán azt éreztem, hogy meglöktek, és én legurultam a hegyen. A hordóban összevissza törtem magam. Míg éltem, nagyon szédültem és fájt a fejem. Rettenetes élmény volt. Aztán menet közben szétesett a hordó, s leértem egy tisztásra. A tisztáson hatalmas kövek hevertek, és egy aprócska patak is folydogált. Addigra már meghaltam. A lelkem a fejem tetején távozott nagyon gyorsan a Fénybe.

Az esemény a 11. század elején játszódott. Többre nem emlékszem. Ezt a történetet is egyszer játszottam le magamnak, így is átéltem az akkori összes fájdalmas érzést. Sokat könnyebbültem ezután, de igazán csak néhány nap múlva éreztem, hogy elmúltak ezek az erős tünetek.

A következő élmény akkor jöhetett fel a tudatalattimból, amikor egy hajóról készült műsort néztem a tévében. A panaszaim hasonlítottak az előbbiekhez, de nem voltak annyira intenzívek. Lábremegést, bizonytalanság-érzést, fejfájást, szédülést éreztem. Mindez egy tengeribetegséghez hasonlított.

Három hajót láttam egy tengeren. Mindegyik oldalán sűrűn elhelyezett evezők, az árbócon hatalmas vitorlák ágaskodtak. Az időjárás tavaszias volt, kellemes. Én az egyik csónakban ültem néhány emberrel, negyven év körüli férfiként. Ruházatom alapján nem lehettem szegény, a többiek „uram"-nak szólítottak. Fekete térdnadrágban, harisnyában és cipőben jártam, melynek orrán egy fehér fémcsat díszelgett. Az ingem fehér volt, bő ujjal, rajta egy szintén fekete mellény, sötét gombokkal. Volt egy sötét színű kalapom is, de azt inkább levettem a fejemről. A többi ember egyszerűbb ruházatot viselt. Úgy éreztem, hogy nagy tiszteletnek örvendek. *Szépen, lassú tempóban haladtunk a tengeren. Nagyon szerettem horgászni, gyakran bedobtam a vízbe a botot. A horgászbotot fából faragták, és be volt festve valamilyen festékkel, mert fénylett.*

A többiek inkább hálóval halásztak. Sok apróbb halat fogtam, majd egyszer csak egy nagyon nagy akadt a horgomra. Alig bírtam tartani a zsákmányt. Odaálltam a hajó orrához, mert arrafelé próbálta húzni a horgot a hal. Aztán a nagy erőfeszítésben valamiben megbotlottam, a botot fogva a hal továbbrántott, és én beütöttem a fejem a hajó orrába. Az állat ezután elúszhatott mindennel együtt. Egy darabig ott feküdtem, elájulhattam, aztán a többiek a segítségemre siettek. Lefektettek valami puha anyagra, a homlokomra pedig hideg vizes ruhát raktak. Éreztem, hogy szédülök, és a hajó ringása ezt még fokozta. Aztán egyszer csak kikötöttünk egy szigeten. Alig tudtam föltápászkodni; olyan állapotban voltam, mint akit agyonvertek. Nagy nehezen sikerült, de a parton is dülöngéltem, mint egy részeg. Akkorra már melegedett az idő.

Hamarosan előbukkantak a sziget lakói: szép, fekete hajú lányok, akik szinte táncolva jártak. Fölül csak egy virágokból font nyakbavalót viseltek, alul pedig egy növényekből készült, rövidke szoknyát. A hajukat is virágok díszítették. Férfiak is akadtak a szigeten, de az ő jelenlétük nem fogott meg annyira. A lányok segítettek nekem, bevittek a házukba, ami úgyszintén növényekből, fából készült. Ott lefektettek egy ágyra, és a fejemre különféle borogatásokat pakoltak. Közben valakihez imádkoztak. Enni-innivalót hoztak, melyek többnyire növényekből és növényi levekből álltak. Hogy mennyi időt töltöttem velük, azt nem tudom, nekem soknak tűnt, de fölépültem.

Ennyi.

Az esemény a 15. század elején történt.

Ezek után egy kicsit föllélegeztem. A közérzetem kezdett javulni. Komolyan azt hittem, hogy vége, a pániktól és egyéb tünetektől örökre megszabadultam.

Most biztosan fölteszed a kérdést, hogyan és miből éltem ilyen közérzettel, hiszen így nem igazán lehet dolgozni. Teljesen igazad van. Valójában a mai napon sem tudnék tanácsot adni senkinek abban a kérdésben, hogy mit lehet tenni, hogyan lehet talpon maradni, pénzt keresni így. Ezt úgy oldottam meg, illetve megoldotta valahogy helyettem az élet, hogy mindig akkor jött valami segítség, amikor már teljesen lenullázódtam anyagilag. Mivel munkahelyet nemigen találtam az óvoda után, és igazán hangulatom sem volt ahhoz, hogy keresgéljek, a barátnőmmel kitaláltuk, hogy készítünk poháralátéteket szép képekből egy étteremnek, melyeket belamináltunk. (Persze mindezt hivatalosan.) Nekem ezek mellett megindultak a névjegykártyarendeléseim is, úgyhogy jobb pillanataimban ezzel múlattam az időt. Akkoriban úgy is éreztem, hogy ezzel a tevékenységgel szeretnék igazán foglalkozni, de sajnos mindig meg kellett állapítsam, hogy a mai világban, ha egyedül vagy – nincs melletted igazán olyan ember, aki támogat, segít –, akkor ezt nagyon nehéz, szinte lehetetlen megvalósítani. Igazán nem is jött össze. Amikor volt feladat, örültem, amikor nem, kénytelen voltam beletörődni, hogy ez van. Nagyon nehezen éltünk, de valahogy megvoltunk.

Majd novembertől jött a mozi. Tulajdonképpen, ha nem tért volna vissza az „édes kis problémám", akár élvezhettem volna is ezt a munkát. Sem fizikailag, sem agyilag, csak „pánikilag" terhelődtem le tőle. Szinte minden, ami ott volt – berendezések, terek, személyek – bekapcsoltak valami régi eseményt. Megint kezdtem türelmetlen lenni, nem tudtam elfogadni ezt a helyzetet. Meddig tart még? Pedig már több ezer életet elengedtem vagy föloldottam. „Mérlegem serpenyője" igencsak átbillent a negatív irányba. Minden bajom volt. Beszélni erről csak keveseknek tudtam, mert ilyenkor általában kigúnyolják az embert, mivel nem értik, mit akarsz mondani. Pedig igazán jólesett volna a kommunikáció és a megértés. A fiatal lányok között akadtak igen értelmesek, ők már tudták, hogy mi a szitu. Nagyon sokan „nyiladoztak", hál' istennek. De mégsem traktálhattam mindig őket a közérzetemmel. A legnehezebb az volt, mikor a jegykezeléskor állni kellett. Az erős lábremegés, bizonytalanságérzés miatt ezt úgy próbáltam megoldani, hogy vagy az ajtónak, vagy a falnak támaszkodtam, és közben erőltettem egy vigyort a kedves vendégek felé. Azt nem tudom, mennyire látszott rajtam a kínlódás, de mára ez már nemigen érdekel. A fő, hogy ezen az időszakon is túl vagyok.

Mint mindig, a segítség most is jókor jött. Az egyik jógás társam ajánlotta S. C.-t.

Találkoztam vele. A férfi jelenléte nagyon megnyugtatott, és csak úgy áradt belőle a jótékony energia. Mit mondjak... Hiányzott már ez a biztonságérzet. Természetesen nem mentegetni akarom magam, de ezt az egész kálváriát a rengeteg tanács, segítés ellenére mégiscsak egyedül csináltam végig. Igaz, a barátnőm végig tudta, hogy mi van, és mindig kitartóan válaszolgatott a nyaggatásaimra, elkísért ide-oda, ahova nem volt bátorságom egyedül elmenni, de nyilván tőle ezt a férfias energiát nemigen tudtam megkapni.

S. C. az első oldás után azonnal megmondta azt, ami tulajdonképpen teljesen nyilvánvaló kellett volna, hogy legyen: elindultam a *megvilágosodás* felé. Mindazon, amin keresztülmentem, és megyek a mai napig, teljesen logikusnak hangzott. Akkor azonban mégis hihetetlennek tűntek ezek a szavak. Alig akartam fölfogni. Hazafelé az úton is végig ez kattogott a fejemben, és akkor már kezdtem örülni egy kicsit. Végre, valaki elárulta, hogy mi ez az egész. Ezért kell keresztülmennem még egyszer mindazon, amit már egyszer átéltem. Szembenézek magammal, és megszabadulok az összes karmám negatív hatásától. Vagyis megszabadulok minden eddig szerzett félelmemtől úgy, hogy szembenézek velük. Ez maga a *megvilágosodás* folyamata.

Amikor már magamhoz tértem, örültem, hogy ez így van, hisz' ki ne örülne egy ilyen ráismerésnek. Azonban az újabb és újabb, váratlanul jött megéléseket még mindig nem tudtam, hogyan kezeljem. Nagyon nehéz volt ez az időszak. Úgy érzem a mai napig is, hogy az ember életében az igazi munka, hivatás az, amikor saját magát igyekszik „rendbe rakni".

Nehézségét tekintve semmilyen fizikai vagy értelmi munka nem ér föl ezzel a feladattal, annak ellenére, hogy ott fizetést is kapsz.

Azt már megtapasztaltam, hogy mit „tud" a pénzhiány, de hiszem, hogy egyszer abból is lehet majd profitálni valamit, ha az ember „csak" a szellemi tapasztalatait adja át másoknak. Hiszen, ha szívből adsz valamit, akkor kapsz. Ez a vonzás törvénye. És mindaz, amit kapsz, már nem kuncsorogva, napi talpalással jön el hozzád, hanem kapod, mert megérdemled. A bölcs, megvilágosodott emberek, jógik is mindig kaptak. Megvolt mindenük, ami éppen kellett nekik, hiszen akárhova vándoroltak, az emberek adtak nekik.

Sok történetet olvastam ilyen emberekről, a magyar Kőrösi Csoma Sándortól kezdve egészen Joganandáig, vagy Szvámi Rámáig. Persze a nagy történelmi személyiségeket, mint Jézust és Buddhát, azaz Gautama Sziddhárthát, az elsők között megvilágosodott embereket sem lehet kihagyni.

De hogy valójában mi is az a megvilágosodás, arra számomra a legkonkrétabban B.V., egy magyar spirituális tanító adta meg a választ. Szerinte egyenlő a megértéssel. Tökéletesen igaza van. Eddigi problémáimat mindig szerettem megérteni, és ha jól megnézzük, összefüggés van a tünetek és a történések között. Már ez maga a logika, a fölismerés. Minden ember – legalábbis a legtöbb – szeret érteni, hogy mi miért történik. Én legalábbis így vagyok vele. Akkor megkönnyebbülök. Gyerekkorunkban is gyakran kérdezgették szüleink, tanáraink tőlünk, hogy: „érted már, világos?" A saját nyelvünkben benne van a jelentés is. Értés egyenlő: világosság.

Mindez azonban egy folyamat, nem világosodik meg az ember egyik napról a másikra. Tennie is kell érte néhány dolgot, hogy elinduljon az áramlás.

Engedd meg, hogy egyik kedvenc könyvemből, Szvámi Rámától, az Élet a Himalája mestereivel című írásából szó szerint idézzek egy idevágó részletet!

„A hit és az elhatározás két alapvető lépés a megvilágosodáshoz vezető úton. Ezek nélkül a megvilágosodás csak kimondott és leírt szó marad, de sohasem érhetjük el. Hit nélkül még szert tehetünk bizonyos szintű intellektuális tudásra, de csak a hit segítségével fedezhetjük fel lényünk legfinomabb szintjeit. Az elhatározás ereje segít bennünket minden csalódottságunk és akadály közepette. Ez segít kifejleszteni akaraterőnket, ami a belső és külső sikerek valódi alapja... Ezzel az erővel a háta mögött az ilyen vezető azt mondja: *Meg akarom tenni; meg kell tennem; megvannak az eszközeim ahhoz, hogy megtegyem.* Ha valakiben töretlen az elhatározás ereje, feltétlenül eléri a kívánt célt."

Mindez így igaz. Magamat gyakran „helyre kell pofoznom", hogy hitem mindvégig töretlen, stabil maradjon, és még csak véletlenül se lépjek a kételkedés irányába.

Mivel ismételten sikerült egy kicsit elkanyarodnom, most visszatérnék az első oldáshoz, mely eseményt S. C. segítségével idéztem föl. Ennek időpontja *2009. november 24*. Tulajdonképpen erről az eseményről mondhatom el azt, hogy az, amit láttam, igazán nagy élmény volt. Egy nem mindennapi, óriási személyiség lehettem, egyedülálló tehetséggel és érzékenységgel. Sajnos a legapróbb részletekig már nem tudom fölidézni a történetet, de ami megmaradt, azt természetesen eléd tárom, olvasóm.

Egy tíz év körüli, magas, vékony, szőke hajú fiúként éltem. Az arcom finom vonású, szépnek mondható, szinte lányos volt. Eléggé díszes, de ízléses ruhát viseltem, már gyerekként is figyeltem a küllemre.

Egy nagy, magas házban laktunk, ablakai keskenyek voltak, a teteje lapos. Nem éltünk szegényen, de túlságosan gazdagon sem. Az apámnak volt valami műhelye az udvaron. Az anyám, aki mindig kontyot viselt, otthon vezette a háztartást, és időnként szeretett varrogatni is. Gyakran fogtam magamat, és elmentem otthonról; jólesett ismerkedni a környezetemmel. Vittem magammal egy tarisznyát, amiben lapult némi pogácsa, víz és néhány rajzeszköz, szén, vagy ceruza, na és egy pár összetekert papír. Kilépve a házból lefelé kellett menni néhány lépcsőfokon. A keskeny utcákon, a házak sűrűn épültek egymás mellé. A járda macskaköves volt. Amikor elindultam, útközben szinte minden élőlényt alaposan megnéztem. A bogarakat, fákat, azok leveleit, makkokat.

Lassan odaértem egy házhoz. A házban egy idős házaspár lakott. Ismertem őket. Nagyon kedvesen fogadtak. Megkértem őket, hogy üljenek modellt, mert szeretnék róluk egy rajzot készíteni. Csak az arcukat mintáztam meg, és a kép nagyon jól sikerült. Még ennivalót is kaptam.

Hazafelé menet szinte röpködtem örömömben, hogy alkothattam. Még világos volt, és meleg. A szüleim nagyon vártak már, és örültek, mikor hazaértem. Az ő szobájukban egy kisbaba feküdt egy bölcsőben. Arra nem emlékszem, hogy a testvérem volt-e, vagy csak vigyáztak rá, de nagyon aranyosnak látszott. Rengeteg könyv hevert szerteszét. A szobámat teleraktam mindenféle érdekességgel. Az asztalt apró agyagfejek díszítették: arcok, melyeket én mintáztam. A polcomat pedig sok-sok fából készült figura, játék ékesítette. Fakorongokat is tároltam egymásra rakva, és volt még egy bogárgyűjteményem is. Az egyik polcra egy helikoptervagy repülőgépmodellt helyeztem, melyet szintén magam készítettem. Propellere nagyobbra sikerült a törzsénél.

Az ágyam mellett rengeteg rajz sorakozott szépen egymás mellett. A következő kép az volt, hogy kimentem az udvarra, ahol egy elkerített területen néhány ló szaladgált. Az apám tartotta és gondozta őket. Nem ültem föl rájuk, inkább csak messziről néztem őket. Aztán elkezdtem rajzolgatni, hol ceruzával, hol szénnel. Teljes valójában nemigen rajzoltam le egy lovat, ha mégis, akkor azt nagyon gyorsan csináltam, mintha a képen is mozgásban lenne. Hol csak a fejét, hol a farkát, vagy a lábait mintáztam meg tökéletes részletességgel. Szinte elvesztem a részletekben. Örömmel töltött el az alkotás, élveztem. Alig akartam bemenni a házba, mikor szólt az anyám, hogy menjek ebédelni.

Másnap ismét magamhoz vettem a tarisznyámat, benne a papírral, meg a rajzeszközökkel, és elindultam a fölfedezőutamra. Egy erdőbe tévedtem, ahol a fák leveleit nézegettem éppen, amikor váratlanul előbukkant valahonnan három kutya és közrefogtak. Nagyon megrémültem, szinte pánikba estem, lábaim remegtek, mert ilyet még nem tapasztaltam. Úgy tudtam, hogy semmilyen állattól nem félek – valahogy ők is szerettek engem. De ezek félelmetes, nagy, barna, nyálukat csorgató, vicsorító kutyák voltak. Ahogy így farkasszemet néztünk egymással, eszembe jutott, hogy maradt még pogácsám, azt gyorsan odadobtam nekik, amire rögtön rá is haraptak. Aztán lassan hátrálni kezdtem, majd rohantam, mint akit puskából lőttek ki, hátra sem néztem. Szerencsére nem messze laktunk az erdőtől, és hamar hazaértem. Otthon már megpihentem, de még mindig féltem. Pedig eddig az eseményig jóban voltam a kutyákkal, ez a három viszont eléggé ijesztőnek és félelmetesnek tűnt.

Ez minden, amire most vissza tudtam emlékezni. Ja, és a dátumra, amit még mindig kristálytisztán látok, hogy mindez 1462-ben történt, Olaszországban. Az országból nem sokat láttam így az emlékeimben, viszont amikor köszöntek nekem, kihallottam az olasz szavakat: *„Ciao, ragazzo."*

Itt megjegyezném, hogy már akkor is nagyon nagy vonzást éreztem az olasz nyelv, kultúra és nemzet iránt, amikor még fogalmam sem volt az egész reinkarnációról. Ez ugye már eleve nem lehet véletlen. Még a fiam születése előtt volt szerencsém Olaszországban járni, és gyakorlatilag ott kapott el az az érzés, amit könyvem elején említettem: itt már jártam valamikor. Mintha csak hazajöttem volna. Szavakkal nem lehetett megfogalmazni.

A másik érdekesség ebben az egészben az volt, hogy a kutyáktól való mérhetetlen nagy félelmem oka is egyszeriben megvilágosodott bennem. Ezen az első „ülésen" legelőször egy gyerekkori kutyás élményem jutott az eszembe, ami ebben az életemben történt. Persze sokat átéltem, de a tudatalattim csak egyet „adott ki". S. C. ezután vezetett vissza az előző életemre. (Ugyanis ha valami konkrét dologtól félünk, ami a jelen életünkben történt vagy történik velünk, annak mind a múltban kell keresni a gyökerét.) Lehet, hogy van még ilyen régi korabeli kutyás esetem ezen kívül is, de hogy akkor megkönnyebbültem, az holtbiztos. Azt hiszem, nem túlzás azt állítani, hogy gyerekként halálfélelmem volt a kutyáktól. Mindegy, hogy kicsi, vagy nagy közeledett felém, úgy éreztem, hogy nekem most itt azonnal végem van. Esténként borzasztó és visszatérő rémálmaim voltak ezekkel az állatokkal kapcsolatosan, melyek huszonéves koromra már teljesen megszűntek. Viszont a cidrizés akkor sem múlt el végleg. Ovis koromban szorongásaimat az is fokozta, hogy a saját családom folyton piszkált, s még rá is „tettek egy lapáttal" az ijesztgetésben, ha egy kutyát láttam. Abszolút nem vettek komolyan. Nem tudták elképzelni, hogy vajon miért félek egy apró, kedves kutyától, például. Mikor ez az állat az ember barátja, és kizárólag csak szeretni lehet őket. Ettől a mondattól sokszor a falra tudtam volna mászni. Szerencsére valahogy mégis sikerült legyőznöm ezt a félelmemet. Ma már egy ismerős helyen nem megyek ki az útra, ha a kerítés mögött ugatást hallok, de ha nem ismerem a környéket, akkor még mindig megteszem, csak legfeljebb már nem ijedek meg annyira, és nincs tőlük halálfélelmem.

Hát ennyit a kutyákról. Azt hiszem, kellőképp „kiveséztem" ezt a témát.

Szeretnék azonban néhány szót ejteni még az oldásról, hiszen biztosan kíváncsi vagy rá, hogy hogyan is zajlik egy ilyen „visszavezetés". Mindez először történt velem is, egy profi szakember segítségével, melyből ismét rengeteget tanultam, tapasztaltam.

S. C. először arra kért, hogy üljek le egyenes háttal úgy, ahogy nekem a legkényelmesebb, majd csukjam be a szemem. Aztán el kellett lazítanom a testemet. Ez nem esett nehezemre, gyorsan sikerült. Ezután megkérte az „adatkezelőmet" (melyet akár Fölöttes Énnek is nevezhetünk), hogy vigyen abba a korba, ahonnan jelen problémáim erednek, vagyis amely esemény jelen tüneteimet okozza. Ez a kép is azonnal beugrott. Majd el kellett mondanom jelen időben, hogy mit látok. Mindebből kikerekedett egy egész történet. Nagyjából idáig én is ezt csináltam otthon, de azért tudott még újat mondani. Az érzésbe, amit a cselekmények során éreztem, egyre mélyebben belesüllyedtem, és egyre mélyebb tudatszinteket éltem át.

Ha megálltam, akkor rögtön szólt, hogy folytassam. Így aztán nem sok esélyem volt arra, hogy eltévelyegjek másfelé. Egyfajta biztonságérzetet is kaptam, és folyamatos visszajelzést arról, hogy jó felé haladok. Amikor elértem a történet végére és nem láttam semmi folytatást, akkor azt mondta, hogy most térjünk vissza az esemény elejére. Újból és újból el kellett mesélni, egészen addig, míg a tudatalattim átalakította az eredeti félelemmel teli részeket egy tökéletes „rózsaszínű", szép képpé. Nagyon érdekes volt. Így oldódott fel a félelmem, és ez után teljesen megnyugodtam.

Aztán jött egy üres „képernyő", ahova föl kellett helyeznem egy képzeletbeli mérőt, mely száz százalékot mutatott. S. C. megint megkérte a parancsot az „adatkezelőmtől", hogy adja ki, hány százalék negatív töltés maradt még ebből az eseményből. Ha az nullára zuhant, akkor sikerült kioldani mindent, ha maradt valami, akkor még egyszer átmentünk az eseménysoron.

Mindenesetre, amikor a „mérő" nullát mutatott, az egész képet egy aranyszínű keretben láttam.

Azt hiszem, sikerült röviden bemutatnom ennek a fajta oldásnak a lényegét, mely segíti az előző életekre való visszaemlékezést, és azok negatív hatásainak megszüntetését.

Szerencsésnek mondhatom magam, mert ezzel kapcsolatosan egy abszolút profi, nagy szaktudású, remek emberrel hozott össze a sors, aki bármikor választ ad az esetleges kérdéseimre. Köszönöm neki.

(Itt szeretnék kitérni arra, hogy aki nem akar bepillantást kapni karmáiba és szembenézni a múlttal, annak a kineziológiát javaslom. Aki pedig tovább akar lépni, érdekli a személyes múltja, az föltétlenül ismerkedjen meg az S. C. féle oldással. Egyik sem jobb vagy rosszabb a másiknál, de bármelyik módszert is választjuk blokkjaink feloldásához, óriási élményben lesz részünk.)

2010 júniusáig még közel nyolc alkalommal voltam S.C.-nél oldáson. Nagyon sok mindent megéltem életeim során, de mindannyiszor megkönnyebbültem, miután búcsút vettem tőlük.

Sajnos ezekre nem emlékszem konkrét részletességgel, úgy pedig nem kezdenék egy történetet sem leírni, hogy pont a lényeg nem ugrik be.

Annyit azonban elárulhatok, hogy a mozi, mint helyszín, kiváló lehetőséget nyújtott arra, hogy megszabaduljak még néhány negatív karmámtól.

Már az első napokban éreztem, hogy a nagy terem előtti tér egyik részén nemigen tudok megmaradni. Egy nagy asztalt helyeztek oda, amit körbeültünk, mikor éppen pihenő volt. Szó szerint egy mély gödörben éreztem magam, mintha valami folyton-folyvást „szippantaná" az erőmet. Aztán mikor rájöttem arra, hogy talán azon a helyen történhetett velem valami, úgy próbáltam helyezkedni, hogy mindez kevésbé zavarjon.

Bár, hogy ne érezd megint azt, hogy ez bebeszélés vagy mellébeszélés, mint kiderült, a többi munkatárs sem igen kedvelte azt a helyet; ha lehetett, a legkevesebbet tartózkodtak ott. Azt mondták, ha oda leülnek, rögtön elálmosodnak, vagy a fejük fájdul meg. „Akkor ebben mégiscsak van valami" – gondoltam.

Az oldáson meg is találtuk ennek az okát. Azon a helyen valamikor egy temető volt, melynek a folyamatos negatív energiáit „szívtuk magunkba", úgy tűnt, mindannyian. Kire erősebben, kire gyöngébben hatottak azok az erők, de valahogy mindenki „vette" a rezgéseket.

Aztán amikor S. C. segítségével kioldottam a konkrét eseményt, az erőtlenségem mintha elszállt volna. Másnap az asztal körül már nem éreztem semmit. Nagyon örültem. Ilyenkor az embernek bíznia és hinnie kell a megérzéseiben, és fontos: ha már annyira zavar bennünket valami, hogy rossz lesz a közérzetünk, akkor vegyük a fáradtságot, és keressük meg annak okát.

Ugyanakkor nem csak a helyszínek érinthetik meg érzékenyen az embert, aki arra fogékony, hanem bizonyos személyek is. Egy-egy munkatárs közelsége csak úgy árasztotta felém a negatív hullámokat. Már az első napon „fogtam az adást", amikor még jóformán nem is beszéltünk egymással. Az oldások alkalmával megint csak fény derült mindenre. Velük már kapcsolatban voltam valamelyik előző életemben, és nem mondhatnám, hogy pozitív volt az a viszony. Ugye milyen érdekes? Ha egy kicsit kitágítod a tudatod, azonnal meglátod az összefüggést. Akkor és ott találkoznom kellett azokkal az emberekkel azért, hogy egy régi sérelmet feloldjak, kieresszem az ő általuk okozott feszültségeket. Azonnal megvilágosodott előttem, hogy mindez milyen fantasztikus is egyben, annak ellenére, hogy hajlamosak vagyunk csak a kínlódást, a csalódottságot látni ezekben a mindennapokban.

Amikor megbocsátottam nekik az oldásokon, azt vettem észre, hogy a munkahelyen valahogy kezdem egy kicsit megérteni őket. Igaz, nem lettünk puszipajtások, de a sok régi sérelem – ami miatt talán beugrott az, hogy ezek az emberek nem szimpatikusak – valahogy eltűnt. Tulajdonképpen hálás vagyok nekik, mert megint megértettem valamit.

Mivel írtam, hogy ezekre az eseményekre nemigen emlékszem kellő pontossággal, azért ennek ellenére megpróbálok rávilágítani egy-két dologra. Az egyik hölgyről az derült ki, hogy az anyám volt valamikor, aki engem, mint gyereket, sokat fenyegetett, testileg is bántott abban az időben. Azt, hogy ő miért csinálta ezt velem, nem az én dolgom kideríteni, sem ítélkezni, de én éltem meg ennek a tettének a következményeit. Az eseményen nagyon sokszor végig kellett „utaznom", míg végül a kép megszépült, és csak a „rózsaszínt" láttam.

Ebből adódhatott az, hogy a munkahelyen a másnapi találkozásunkon már nem tudtam az ellenséget látni benne, inkább a szánalom volt az, amit éreztem iránta, hiszen – mint említettem – valamikor az anyám volt.

Ha veled is előfordul, hogy valakiről azt érzed, nem szimpatikus, jusson eszedbe ez a történet! Talán volt dolgotok egymással régen, és még nem oldottátok meg. Ez lehet az egyik oka.

A moziban eltöltött idő alatt a pánikrohamok szinte mindennap előfordultak. Hol enyhébb, hol erősebb variációban. A

40

lábremegést, szédelgést mindig éreztem, és gyakran óriási erőfeszítésembe került, hogy egyáltalán állni tudjak. Naponta pontban fél ötkor pedig, mielőtt elindultam dolgozni, rendszeresen megemelkedett a vérnyomásom 140, a pulzusom 100 fölé, ami már egyszerűen elviselhetetlennek tűnt. Majd este hat óra körül szépen visszaállt a normális kerékvágásba minden. Nem tagadom, többször elkeseredtem, és folyamatosan nyaggattam S. C.-t, hol pedig a barátnőmet telefonon. Ő pálcával szokott „mérni", ami mindig megállapította, hogy semmi bajom. Szóval M. és S. C. is ezt hangsúlyozták, de ennek ellenére csak kínlódásnak éltem meg ezt az egész időszakot.

Sokszor éreztem úgy, hogy minden összeesküdött ellenem, amikor átbillentem a negatívba, és bizony nagy munka volt, hogy ismét szépnek lássam a világot. Ilyenkor azon agyaltam, hogy vajon tényleg minden életem ennyire tele volt aktív feszültséggel? Vajon hány van még belőle? Pedig már több százat, vagy esetleg ezret magam mögött tudhatok. Ennyire öreg lélek volnék? Valóban az lehet a feladatom, hogy még ebben az életben megszabaduljak minden karmám negatív hatásától? Azért kell éreznem ezeket? Valószínűleg igen. Létrejött az újabb nagy felismerés.

De mivel energiaszintem igencsak lecsökkent, úgy gondoltam, hogy nem érdekel, ki mit mond, tartok egy kis szünetet és elmegyek táppénzre. Első körben fölkerestem a körzeti orvost, aki elküldött vérvételre. Az eredmény és vizsgálatok alapján megállapította, amit már én is tudtam, hogy szervileg egészséges vagyok. Mondtam neki, hogy valószínűleg „csak" a pánik a gond, s ő ezt el is fogadta. Ezek után kikötöttem a pszichiáternél „közös megegyezéssel", mivel a háziorvosom nem volt fölhatalmazva arra, hogy ezzel a bajjal táppénzre vegyen. Minderre számítottam is, ezért nem okozott csalódást a szakembernél történt látogatás, akit már korábban is fölkerestem. Kedvesen bánt velem, de tudtam, hogy az antidepresszáns és a nyugtató felírásán kívül más nem fog történni. Most valahogy be is értem ennyivel. Az egész látogatás nem tartott öt percnél tovább, pedig két óra hosszat várakoztam. Azért voltam nyugodt, mert sajnos erre számítottam. Titokban abban reménykedtem, hogy ezek a gyógyszerek egy kicsit elősegítik, hogy legalább dolgozni tudó állapotba kerülhessek. Még néhány napot otthon töltöttem, és úgy tűnt, hogy a pirulák jótékonyan hatnak a közérzetemre. Rövid ideig a munkára is tudtam koncentrálni, majd rá kellett jönnöm, hogy korán örültem. Az antidepresszánsról igyekeztem leszokni, mert észrevettem, ha eszem, akkor is előjönnek a rohamok. Akkor meg mi a csudának mérgezzem vele magamat? A nyugtatót még időnként bekaptam, amikor úgy éreztem, hogy nélküle nem bírok elindulni dolgozni. Ez egy kicsit enyhítette a feszültségérzetet.

Itt szeretném újból és újból leszögezni: mindig tudatosítanunk kell azt, ha úgy is érezzük, hogy jó, és hat egy-egy pszichiátriai gyógyszer a közérzetünkre, az nem a megoldás. A tabletta csak a tünetet enyhítheti, a probléma gyökerét nem tudjuk kiiktatni azzal, ha bekapjuk. Ezzel tökéletesen tisztában voltam, és vagyok most is. Mindig bele kell menni a „mélyünkbe", de ezt a pszichiáterek sajnos megint csak nem akarják velünk közölni. Vagy lehet, hogy nem is tudják. Tisztelet a kivételnek persze, az mindig akad.

Ismét egy témához illő kis kitérőt szeretnék tenni. A házasságom utolsó szakaszában, és még azután is csaknem két évig, súlyos depresszióban szenvedtem. Ez az az időszak, amikor az embernek egyáltalán nincs kedve semmihez, csak ahhoz, hogy egy sötét szobában egész nap aludjon, főleg, ha tud.

Arról, hogy hogyan alakult ki mindez, nem szeretnék beszélni, egyszerűen összecsaptak fejem fölött a hullámok. A közvetlen és tágabb családomból csak agressziót éreztem saját irányomba. Nem voltam elég erős ahhoz, hogy ezeket az ingereket magamon kívül helyezzem, folytonos önbizalom- és szeretethiány gyötört. Nem álltam a sarkamra, amikor kellett volna, és hagytam magam sodortani az eseményekkel. Mindig felzaklatódtam a körülöttem levő emberek értelmetlen viselkedésén, legszívesebben elmenekültem volna abból a környezetből. Nem tudtam eléggé védekezni, ha támadás ért, vagy amikor a családok között az ellentét már a tetőfokára hágott. Ezen a ponton van az, amikor hagyod, hogy mindenki más tökéletesen „elszívja" a saját energiáidat. Te pedig odaadod nekik úgy, hogy önsajnálatba kezdesz. Ha még el is jutsz odáig, hogy folyamatosan keresed a kiutat, mindig vissza- és visszazökkensz ugyanebbe az állapotba. S ha nem tudod lényedet stabilan biztatni, vagy nem kapsz valakitől érdemi segítséget, akkor aztán nagyobb katasztrófa is bekövetkezhet. Ez a depresszió lényege.

Mindig észre kell venni, hogy a környezet nem lehet az oka a mi közérzetünknek. Ők olyanok, amilyenek, mindenkinek a saját döntése, hogy hogyan cselekszik, mi módon él, mit gondol magában. Ezekkel, illetve saját magukkal szembenézni megint csak az ő gondjuk, hiszen mindannyian egy tanulási folyamaton megyünk keresztül sok-sok éven, vagy életen át.

Mindebből levonhatjuk a következtetést: a depressziót, mint betegséget a jelen életünkben okozzuk leginkább azzal, hogy elfelejtjük szeretni saját személyünket, helyette inkább sajnálkozunk, és minden nyomorúságunkért másokat hibáztatunk. (Nekem ezt is sikerült megélnem. Biztosan nem véletlenül.)

Ha pedig önmagunkat nem szeretjük és tiszteljük, hogyan is várhatjuk el másoktól, hogy tiszteljenek és szeressenek bennünket, amikor mi is képtelenek vagyunk minderre? Aki szereti magát, az virágzik, és másnak is tud belőle adni. Aki pedig belebújik a gondokba, az mit ad másnak?

Szilárd meggyőződésem tehát, hogy ez a betegség a jelen kor népbetegsége, mely sajnos a tökéletes elszigeteltségről szól.

Nem tudom, volt-e már olyan szakember, aki mindezeket elmondta így neked.

Gondolkozz el rajta!

Minderre a kis kitérőre azért volt szükség, hogy ismét érzékeltetni tudjak valamit. Mint rájöttem, a depresszió a jelen, a pánikbetegség viszont a múlt szülötte. Bár ennek ellenére egy pánik keveredhet a depresszióval is, ha nem kapjuk meg a kellő segítséget, támogatást valakitől, vagy nem is keressük, hanem teljesen magunkba zárkózunk. Résen kell lennünk!

Ha a pánik ellen írják föl az antidepresszánst, elképzelhető, hogy hatása csak rövid ideig fog tartani. Engedd meg, hogy egy egyszerű esettel szemléltessem ennek okát!

Nemrég otthon megrepedt a zuhanyfej. Mivel hirtelen nem tudtam másikat venni, női logikával elkezdtem szigetelőszalaggal ragasztgatni ott, ahol éppen folyt belőle a víz. Már kezdtem örülni annak, hogy milyen ügyesen „megjavítottam" a tusunkat, amikor hirtelen máshol is lyukak keletkeztek. Szinte az egészet körberagasztottam, úgy nézett ki, mint egy karácsonyfa. Aztán egyszerre csak egy nagy zuttyanás: a víz a tömítést annyira átszakította, hogy már el kellett dobni, és kénytelen voltam kicserélni egy újra. Ez a helyzet a gyógyszerrel kapcsolatban is. Valamit toldozgatunk, foltozgatunk vele, ideig-óráig jó, aztán megszűnik a hatás. Ugyanis a tudatalattiból egyszer csak fel akar törni az a rég elfeledettnek hitt „nagyfeszültség", mely a tus esetében a víz volt. Így hát nem tudjuk a gyógyszerrel „betapasztani a lyukakat". Ha valaminek ki kell jönnie, akkor nincs mese, az ki fog jönni. Érted már az összefüggéseket?

Sokat töprengtem azon, hogy miért olyan a gyógyítás, amilyen, de ez csak költői kérdés maradt. Választ nem kaptam rá. A pszichiáternél is folyton arra hivatkoznak, hogy nincs idő semmire, nincs idő az emberekre, mert rengetegen vannak. Túl sok a beteg. Kifogásokat mindig lehet találni. És minden egyes pácienst kötelező betegnek hívni, holott az illető lehet, hogy nem is az, csak éppen elakadt valamiben és szüksége lenne egy kis segítségre.

Gondolom, hogy néhány szakemberből, aki esetleg olvassa a könyvemet, ellenérzést váltottam ki, de azt is hiszem, érzem és tudom, hogy nem én vagyok az egyedüli, aki így vélekedik erről a témáról.

Most ugorjunk megint egy kicsit az időben!

Februártól megint jött egy vérzéses időszak, hosszú szünet után. Összesen eltartott vagy négy hónapig, kisebb-nagyobb megszakításokkal. Igaz, hogy kínlódtam vele, de már nem voltam hajlandó elmenni az orvoshoz azért, hogy az egész kálváriát elölről kezdjem. Sajnos a gyökércsakrám környékén nagyon energiahiányos lettem, a derekam is fájt folyamatosan.

Arra is rájöttem, hogy ez is tisztán érzelmi okokból volt így. A pánik és a hosszú ideig tartó menzesz szinte „kézen fogva" jártak egymással. Volt még a múltból olyan életem, amikor nőként éltem át folyamatos traumákat. Ezek mind-mind az erőszakról szóltak. Ebbe beletartoztak a megerőszakolások, vetélések, különféle molesztálások, és agresszív bánásmódok is. Megértettem, hogy miért borult föl a hormonrendszerem. A hormonok működése kapcsolatban áll a vegetatív idegrendszerrel, és fordítva. Mindkettő az ember érzelmi életén alapszik. Ha az egyik egy kicsit megborul, akkor magával ránthatja a másikat is.

A biológiai részletekbe nem mennék bele alaposabban, mert valószínűleg belebuknék, ez csupán megint csak a személyes megfigyelésemen, tapasztalatomon alapszik. Egy tágabb, holisztikusabb gyógyítási mód szerint minden csakránk helyén egy-egy hormonunk található. Az egész hormonrendszerünk egy óriási kémiai energiahalmaz. Ezt nem én találtam ki, a keleti alternatív orvoslás ezen a tudáson alapszik. Az energia a meridiánvezetékeken áramlik egész testünkön keresztül, melyekből több is van, és ha valahol elakad, ott feszültség vagy energiahiány keletkezik. Ebben az esetben a hormonokat termelő belső elválasztású mirigyek az egyik helyen túl-, máshol alulműködhetnek.

Előfordult-e már veled, hogy gombócot éreztél a torkodban? Igen?

Ugye nem kellemes érzés? Mindig „nyeled" a feszültséget, nem tudsz enni, nehezen beszélsz. A torokcsakrád elég rendesen becsukódik. Súlyosabb esetekben kiderül, hogy baj van a pajzsmirigyeddel. Az orvos természetesen kezelésbe vesz, felírja a gyógyszert, vagy előfordul, hogy megoperál. Jobb esetben azt mondja: „ne idegeskedj". Arról, hogy azt hogyan csináld, már nem tájékoztat. Valószínűleg ő sem tudja.

Azt hiszem, már említettem, hogy a nyelvünkben szinte minden benne van. Pajzs. Mond ez neked valamit? Az ókorban ezt az eszközt használták az emberek arra, hogy megvédjék magukat az ellenségtől. Ugyanezt teszi a szervezetünk akkor, amikor összerándulunk, elszigetelődünk, valamilyen okból gyorsan becsukódunk, és még csak véletlenül sem fogadunk el senkitől semmilyen segítséget; egy tökéletes védelmet építünk magunk köré. Mindenki távozzon, nem érdekel a véleménye!

Sajnos ezt én is megcsináltam magamnak, bár a helyzet nem volt ennyire súlyos; egy kicsit nagyobbnak éreztem ezt a szervemet néha, de aztán magától visszaállt a helyes működésébe.

Mindig résen kell lenni, hiszen a legnagyobb ellenségünk nem a szomszédunk, a főnökünk, vagy bármelyik rokonunk, hanem bizony mi vagyunk saját magunknak!

Ha tehát a csakráinkba nem jut elég energia, akkor azon a területen, ahol energiahiány lép föl, könnyen betegség alakulhat ki. Egy feszült helyzetben összerándulunk, képesek vagyunk szinte egész testünket „bezárva" tartani. Ha viszont a nap folyamán sűrűbben „kinyitogatjuk" magunkat, akkor fölszabadultabbak, energiával telibbek és nyugodtabbak leszünk.

A saját feladatom az, hogy a gyökércsakrámat erősítsem. A régi sérelmek, feszültségek mind legyöngítik ezt a területet. Az, hogy sokszor kicsúszott a lábam alól a talaj, már meg is magyaráz mindent. A bizonytalanság érzését és helyét nyelvünk tökéletesen kifejezi.

Arra, hogy hogyan „nyitogassuk" magunkat a nap folyamán, vannak különféle meditációs technikák. Persze az út közepén az ember nem fog leülni meditálni, ilyenkor csak a gondolatainkra és képzelőerőnkre hagyatkozhatunk.

M. barátnőmnek van egy nagyon szép gondolata erről, engedd meg, hogy őt idézzem! Íme: „Megnyitom magam a Mindenségnek, a Legfelsőbb Énnek, a Gyönyörűségnek." Szerintem minden egyes szava egy energiabomba. Ezt mondogathatod magadban útközben, akárhol vagy, sokat segít. Persze közben ne felejts el mély levegőt venni, és átérezni az egészet!

S. C. pedig péntek esténként tart meditációs napokat, ő tanította a következőt, melyet menet közben szintén el lehet képzelni. Én akkor szoktam, ha éppen a buszon ülök. A föld középpontjától egy aranyszálat képzelek el a gyökércsakrámig, majd ezután minden csakrámba egy-egy aranygömböt, úgy, hogy előtte ezen központok helyén megnyitok egy képzeletbeli kaput. Az aranyszálat közben folyamatosan vezetem fölfelé, majd elérve a legfelsőt, visszavezetem a földbe. Az elképzelés közben azonnal érzem, hogy töltődöm. Nem egy ördöngös valami, te is meg tudod csinálni. A táskámban pedig mindig van némi rágcsálnivaló és innivaló, mivel az esetleges feszültség hatására meg szoktam éhezni. (Sajnos ez meg is látszik rajtam egy kicsit.) S. C.-től még sok segítséget kaptam, és kapok ma is. Elsősorban javasolt egy tornát, melyet a tibetiek már régóta gyakorolnak. Ezt reggelente azóta is végzem. Az oldásokon kívül adott még CD-ket hallgatni és nézni. Az „Éld az életed"[33] című könyv szerzőjétől is hallgattam pár okos tanácsot, s gyakorolgattam az általa már kipróbált megerősítéseket.

Például: célszerű belenézni naponta többször a tükörbe, s megbeszélni az ott látott személlyel, hogy szeretjük és elfogadjuk. Vagyis saját magunkkal. Ha az egészségünkben érzünk valami hiányosságot, akkor akár százszor is elmondhatjuk naponta, amit szó szerint idéznék: „Testem most visszatér a jó egészség állapotába". Ezt ismételgetheted akár útközben is, mely véleményem szerint azért nagyon hasznos, mert a negatív gondolatokat a folyamatos mantrázással nem enged be a tudatodba. A pozitívval pedig megerősíted mindazt, amit szeretnél elérni.

Azt hiszem, ezt a témát is tökéletesen kimerítettem, de remélem, hogy ismét sikerült rávilágítani néhány gyakorlati dologra.

Ebben az időben még mindig sűrűn jártam S. C.-hez oldásra, de most egy olyan történetet szeretnék eléd tárni, melyet ismét otthon engedtem el, már a meglévő ismeretek tudatában.

A tüneteim most az instabil állásra, szédülésérzetre, egyensúlyzavarra, fejfájásra hegyeződtek ki igencsak. Mivel a szerződésem a moziban csak márciusig tartott, ekkor már jobban volt időm magamra odafigyelni.

2010. április 8-át írtunk.

Az esemény a dinoszauruszok korában történt. Békaként éltem az életem. A tájon a fű magasra nőtt, a fák hosszúak és vékony törzsűek voltak. Egy folyó mellett iszogattam néhány békával, amikor meszszebb megjelent két dínó. A többi béka elugrándozott a vízbe, én ott

---

3 Szerző: Louise L. Hay

maradtam egy fűcsomó mellett. *Az egyik dinoszaurusz hamar oda-
ért, ahol én álldogáltam, és megcsapta fejemet a farkával. Azonnal
elszédültem, lábaim pillanatok alatt összerogytak. Iszonyatosan fájt
a fejem, és szédültem. Aztán odajött hozzám a többi béka, miután a
dínók továbbálltak, a szájukban vizet hoztak, amit rám spriccelték.
Nemsokára föléledtem, és megpróbáltam elindulni, de csak nagyon
dülöngélve sikerült. A dínók félelmetesek voltak, hangosan üvöltöz-
tek, ordítoztak, a lábuk alatt csak úgy rengett a talaj.*

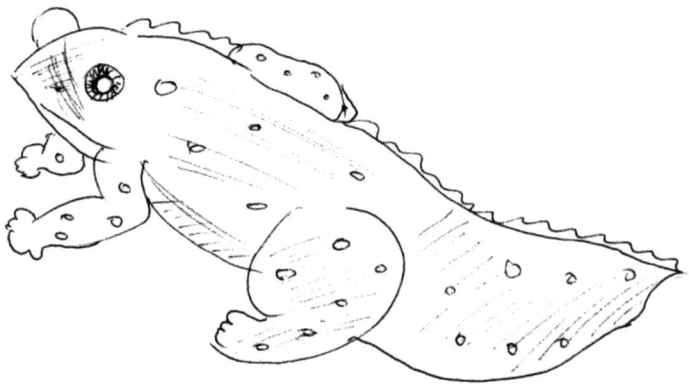

A történet után nagyon hamar megkönnyebbültem, hiszen ek-
kor már elhatároztam, hogy elkezdem leírni az emlékeimet.
Szóval, mindent kiírtam magamból.
A következő eseményt is otthon oldottam, a kellemetlen ér-
zetek még mindig ugyanazok voltak.

*Gazdag, fiatal török férfiként egy szép palotában laktam, ahol
igencsak jól éreztem magam. Kék és piros színű ruhát viseltem, a
fejemen turbán volt. A szüleimmel együtt éppen egy táncos műsort
néztem, ahol gyönyörű háremhölgyek táncoltak. Amikor vége lett az
előadásnak, kilovagoltam a sivatagba, de a ló útközben megtorpant,
én pedig leszálltam, hogy megnézzem, mi történt, mi zavarja az ál-
latot. Egy kobra kígyó ágaskodott elém, mely azonnal megmarta a
lábam. Ösztönösen kiszívtam magamból annyi mérget, amennyit
csak tudtam, majd fölkászálódtam a lóra, ami hazavitt. Otthon*

leestem róla és elájultam. Rögtön lefektettek az ágyra, majd egy gyógyítóasszony készségesen betakargatott mindenféle gyógyfűvel. Magas lázam volt, fájt a fejem. Majd lassan gyógyulgattam, de mivel gyengének éreztem magam, adtak egy botot, hogy azzal járjak. Amikor már tökéletes lett az állapotom, ismét kilovagoltam, de kísérettel. *A folyóhoz értünk, ahol a ló ivott. Egyszer csak megláttam a vízben egy hullát, késsel a hátában. Nagyon ijesztő volt a látvány, a rémülettől ledermedtem, alig álltam a lábamon. Szinte sokkolt az egész. A kíséretem nem rémült meg annyira, mint én. Kihúzták a vízből, a kést kiszedték a hátából, ráfektették a lóra, és a palotáig vitték. Ott a környéken gyorsan el is temették.*

Ez minden, amire emlékszem. Ahogy láttam, rögtön le is jegyeztem, de még utána egy párszor átfutottam rajta, mert nehezen oldódtam.

Mindezek után végre jött egy kis szünet. A feszültség csökkent, a dolgaimat nagyjából el is tudtam rendesen végezni. Egy tisztulási folyamat indult el a szervezetemben. Ha megszabadulunk a szorongásainktól, akkor fizikailag is elkezdünk helyreállni, tisztulni. Ez is okozhat kellemetlenségeket, nehézségeket, de aztán szépen kiegyenlítődik a szervezet. Nálam a tisztulás a még megmaradt kevés vérzésnek volt betudható. Ezzel távozott a sok „szennyeződés". Aztán ez is szépen elmúlt. A torokcsakrám is rendesen kitisztult, hiszen a nyirokcsomóim kissé bedagadtak, le is taknyosodtam. Nem ijedtem meg ezektől a tünetektől, mert már tudtam, hogy hogyan zajlik a folyamat.

Miután minden létező „szutyok" kiürült a testemből, jobban lettem.

Ennek ellenére tudtam, hogy van még dolgom, mert nemsokára ismét a felszínre tört néhány élmény az előző életeimből.

2010. június 7-én tártam magam elé a következő eseményt. Akkor egy kicsit más jellegű panaszaim voltak, természetesen a feszültség megmaradt. Olyan jó erős hátfájással, derékfájással küszködtem, hogy alig bírtam mozdulni is. Íme a történet:

Fekete rabszolgaként éltem. Csak egy barna színű ágyékkötő volt rajtam, semmi más. Egy óriási kereket kellett forgatnom néhány em-

berrel, ami a vízszabályozást irányította. Miközben keményen dolgoztam társaimmal együtt, a hátunkat néha gazdag urak csapkodták, hogy gyorsabban haladjunk. Tiltakozni kezdtem, kifakadtam a méltatlan bánásmód miatt, ezért meg is kaptam a büntetésemet. Egy deszkaasztalra fektettek, lábamat, kezemet oldalt kikötötték, és ostorral végigvertek a nyakamtól egészen a bokámig. A hátamat már nem éreztem, úgy fájt. Aztán elengedtek, és alig támolyogva elindultam gazdámmal együtt a házába. Esteledett. A ház fehér márványból készült. Egy kis, pinceszerű „lyukban" laktam, melyben egy ágy volt, azon egy pokróc, egy kosár, néhány ruhával. A keskeny szoba végén pedig egy kerek, fából készült kádszerűség tátongott, tele vízzel. Az ablakot rács borította. Próbáltam aludni, de valaki megzörgette a rácsot, miután meglazította azt. Fölmásztam a párkányig és kiszabadultam. A társaim vártak rám odakint, s örültünk egymásnak. A vezérüknek tekintettek.

Már volt rajtam nadrág, és vászonból készült, barna színű felső. Azt találtam ki, hogy elkötjük a lovakat mindegyikünk gazdájánál. A fegyverek nagy részét mindenütt egy pincehelyiségben tartották. Erős buzogányok, lándzsák, íjak voltak ezek. Amit csak tudtunk, fogtuk és vittük. Találtunk láncból készült, mellre rakható védőruhát is, amit magunkra vettünk. Igyekeznünk kellett, mert pirkadni kezdett. Egy erdőbe vezettem a társaimat, ott húzódtunk meg. Mellettünk egy hatalmas folyó húzódott, mely meglátásom szerint a Nílus lehetett. A terv csak annyi volt, hogyha támadnak, mi is teljes erővel rohamra indulunk. Számítottunk rá, hogy gazdáink hamar észreveszik szökésünket.

Jött is a hadsereg állig fölpáncélozva. Rengeteg embert láttam erős fegyverzettel, gyalogosan. Maguk előtt is páncélt tartottak. Nekünk semmi esélyünk nem volt a győzelemre, de kitartóan küzdöttünk. Mindenütt vér volt, és levágott fejek. Néhányan maradtunk csak életben. Amikor teljesen elfáradtunk, ránk dobtak egy hálót, és az alatt gyalogoltunk. Ismét foglyok lettünk.

Egy út mentén cölöpöket vertek kereszt formába. Bennünket élve fölkötöttek.

Először a fejem fájt, aztán a nyakamtól lefelé már mindenem. Végül meghaltam. A lelkem gyorsan elhagyta a testemet, fölszállt *egy felhőre, ott két angyal fogadott. Béke volt. Láttam a földrészt, Észak-Afrikát, ahol mindez a szörnyűség történt.*

Még egy párszor lefuttattam magamban az eseményeket, amíg egyszer csak át nem alakult egy nagyon szép történetté. Az, hogy mindez mikor játszódhatott pontosan, nem villant meg, de afelől nincs kétségem, hogy az ókorban.

Ezek után a borzalmasan erős hátfájás szinte eltűnt, de a derekam és a végtagjaim fájdalma továbbra is megmaradt. Történt még egy esemény, mely hasonló tüneteket produkált, de egészen más időszámításban.

A következő napon már föl is tört a tudatalattimból mindaz, amit most eléd tárok, kedves olvasóm. Mindez S. C. közreműködésével történt.

Biztosan felmerült benned az, hogy ha már egyedül is jól megy az oldás, akkor miért kell még mindig a segítség? Teljesen jogos a kérdés. Úgy érzem, hogy ennek ellenére néha szükségem van egy kis irányításra, urambocsá' „konzultációra", biztatásra. Minden egyes közös alkalom esetén újabb és újabb dolgokra jövök rá. Mindig tanulok valamit. És azt azért tegyük hozzá, hogy ezek a pánikrohamok nem azonos kaliberűek egy kis náthával, amiből az ember otthon kikúrálja magát. Ha sokáig vagyunk vele egyedül, bizony átfordulhat az egész probléma depresszióba, vagy egy „teljesen minden mindegy" állapotba, az apátiába.

Akadnak olyan emberek is, akik nagy hangon állítják, hogy ez velük sohasem történne meg, mert ilyen meg olyan erősek. Nincs ilyen meg olyan erős ember. Bárkivel előfordulhat bármi, és bármikor. Inkább merjünk többször segítséget kérni, mint egyszer sem. Nem kell büszkének lenni, és nem kell szégyenkezni sem.

Ezen a napon vezetett rá például S. C. arra, hogy könyvírásba kezdjek. Természetesen nem direkt módon, hanem velem láttatta meg „belülről", mit is kell tennem. Mi a feladatom.

Eddig úgy tűnt, hogy jó döntés született, örömmel tölt el az írás, annak ellenére, hogy ez sem egy „sétagalopp". Szóval, időben megkaptam a konkrét segítséget, és köszönöm. Már éppen kezdtem úgy érezni, hogy minden hullám összecsap a fejem fölött.

Itt szabad megjegyeznem, hogy könyvem írásában az angyalok is segítenek. S. C. hívta föl a figyelmemet meditatív állapotban, hogy jó, ha a közelemben vannak az íráskor. Ebben a mély tudatállapotban vezetőm hangosan kimondta az angyalok titulusait, és ők maguk azonnal megjelentek előttem. Mindegyikőjüknek más volt a színe, energiája, és kinézete. Ez is egy fantasztikus élményt nyújtott nekem. Amikor írni kezdek, mindig megidézem őket, hogy segítsenek. És most visszatérnék a képekre, melyeket *június 8*-án láttam.

Egy aranyos kisfiú voltam, akit babakocsiban tologatott az anyám. Ő hosszú, világos ruhát viselt. A szoknyája nagyon bő volt, a fején egy fehér fityula. Aztán megjelent az apám, aki barna inget, nadrágot és csizmát hordott. A házakat az utcában fehérre meszelték.

Az anyám egyszer csak összeveszett az apámmal, mert nem engedte neki, hogy ő is tolja a kocsit. Teljesen ki akart sajátítani magának. Elkezdte lökdösni az aput, ami hatására nagyon rázkódott a babakocsi, benne én is. Végül az apám lökte el az anyámat, aki a földre esett. Rövid idő múlva fölkelt, és hagyta, hogy apu toljon. Szembejött velünk egy idős, kövér hölgy. Szeretet sugárzott az arcáról; ő volt a nagymamám, az apám anyja. Az anyám közben elmaradt valahol, és apu meg a nagymamám tologatott tovább hazáig.

Szép parasztházban laktunk, a háztető nádból készült. A mama segített apunak otthon a főzésben.

A szoba és a konyha között volt egy kemence. A falak fehérek voltak, és rajtuk cserépedények lógtak mindenütt. Engem lefektetett az ágyra és bepelenkázott.

Nemsokára visszajött az anyám teljesen részegen, a kezében egy üveggel. A haja kócos, zilált volt, a tekintete üres és félelmetes. Dörömbölt az ajtón, és közben minden szomszéd ott termett a nagy zajra. Közrefogták, és elvitték a bíróhoz. A bíróság egy hatalmas, sötét épület volt, a bíró pedig egy magas, jól megtermett ember. Az ítélet gyorsan megszületett. Hamar bezárták egy fekete vasrácsos börtönbe, melyet a hegyoldalra építettek. Nagyon sok alkoholista nő tartózkodott még ott, vele egy légtérben.

Amíg anyu a börtönben raboskodott, apunak sokat segített a háztartásban egy hölgy, aki négy gyereket nevelt. Gyakran hozott ennivalót, takarított, gondoskodott rólam. Apu robotolt az udvaron. Szekerek kerekeit kalapácsolta, és lovakat patkolt. Sokan vitték hozzá a lovaikat. Akkor is kint dolgozott, amikor anyu időközben hazajött józanul, és a kopácsolástól nem hallott semmit. A segítő hölgy már elment, én a kiságyban aludtam.

Az anyám kiszaladt az udvarra, fölkapott egy ásót és fejbe vágta vele az apámat, aki még mindig nem vette észre őt, mert a munkába temetkezett. Az ütéstől elájult, a feje vérzett.

Aztán anyu berohant a házba, mérgében kivett engem az ágyból és elkezdett az asztalhoz csapkodni. Éreztem, hogy megfájdul mindenem, a lábamat nem tudtam mozgatni, és nagyon sírtam. A nagy zajt meghallotta néhány férfi, akik azonnal segítségért rohantak. Ágyba fektettek, orvost hívtak, aki megállapította, hogy eltört a lábam, s azonnal sínbe rakta. Aput is lefektették, és javasasszonyok különféle füveket pakoltak a fejére, melyektől elállt a vérzés, de agyrázkódást kapott.

Az anyámat közben elhurcolta néhány ember egy kis erdő mellé. Összekötötték kezét, lábát, ők maguk pedig egy fának támaszkodva elaludtak. Anyu közben valahogy belegurult a folyóba, ami közvetlenül az erdő mellett volt. A víz elsodorta, és szinte azonnal meghalt.

Én otthon gyorsan és szépen gyógyultam, a lábam hamar öszszeforrt. Apu is rendbejött. Az orvos megmutatta neki, hogyan kell engem mozgatni, tornáztatni, hogy teljesen egészségesen fejlődjek. Már sokat mosolyogtam.

Nagyon sok asszony járt segíteni, aput pedig rengeteg ember tisztelte és szerette.

A nagymamám és az apám elsétáltak velem egy kápolnába. Még mindig a kocsiban ültem. A kápolna üresen tátongott, s ők imádkozni kezdtek a jobb sorsunkért, majd hazamentünk. A következő kép már az volt, hogy otthon rendeztünk az udvaron egy nagy lagzit. Apu feleségül vette a négy gyermekes hölgyet. A fiatal nő hosszú, bő, fehér ruhát viselt, magyaros, nemzeti színű pártával a fején. Szépnek láttam.

Emlékszem még terített asztalra, sok emberre, és arra, hogy mindenki nagyon boldognak tűnt. Már hároméves lehettem, s néhány korombéli gyerekkel jókat futkároztam az udvaron.

Amikor esteledett, az emberek hazamentek, mi pedig bementünk a házunkba és lefeküdtünk. Apuék egy nagy ágyba, mi, gyerekek, pedig egymás mellett külön a saját ágyunkba.

Most nem kellett még egyszer lefuttatnom magamban a történetet, mivel éreztem, hogy kiszáll belőlem az összes feszültség. Fölszabadultam.

Az esemény pontos dátumára nem emlékszem, de azt tudom, hogy a hölgynek, aki az anyám volt, ismét belenéztem a szemébe, és a mostani anyámat véltem fölfedezni benne.

Nagyon sok tanulságot leszűrtem ezekből az emlékekből, de ezeket most megtartanám magamnak.

Legközelebbi élményem három nap múlva történt.

A közérzetem tűrhetőnek volt mondható, örültem, hogy föllélegezhetek, és el tudtam indulni a dolgomra úgy, hogy egy kis fáradtságon kívül semmi mást nem éreztem. A nyirokcsomóm ugyan bedagadt, hőemelkedésem is volt, de ez az állapot meg sem közelítette a pánikérzetet.

Majd nemsokára megváltozott minden.

A nagymamámnak indultam bevásárolni, amikor egészen rendesen megszédültem az utcán sétálva. Nem estem el, mert azonnal nekitámaszkodtam egy ház oldalának. Már egy kicsit „rutinosabban" tudtam, hogy mi a helyzet, és próbáltam magamnak folyamatosan mondogatni azt a szöveget, amit S. C. tanítgatott nekem. Ez lényegében egy önvédelmi szöveg, mantra, amit egy induló pánikroham kezdetén nem árt, ha mondogat az ember, így ugyanis könnyebb elviselni, és csökkenhet az erőssége is. Szóval folyamatosan mondogattam magamnak, hogy „Itt vagyok az *itt és most*-ban. Normalizálódnak életfunkcióim."

A szédülés pillanatában már azonnal tudtam, hogy a tudatalattim megint „bekapcsolt" valami régi eseményt, s ilyenkor rögtön vissza is esünk abba a korba, amikor ez történt. Függetlenül attól, hogy most éppen milyen évet írunk. Tehát ha ezt mondogatjuk, idővel „visszatérünk" minden szintünkön a jelen eseményeibe, és ha tökéletesen sikerül, akkor uralkodni tudunk a pánikroham fölött bárhol és bármikor.

Tudtam, hogy ezt még nagyon sokat kell gyakorolnom azért, hogy talán már ne érezzek semmit, de a jelen szituációban már volt bátorságom bemenni a boltba, s gyorsan körbejárva sikerült megvennem az élelmiszereket. Kifelé menet kicsit jobban lettem, közben mélyeket lélegeztem és mantráztam. Ugyanezen a napon volt a fiam ballagása is. Az már nehezebb „diónak" tűnt a délelőtthöz képest: a hőemelkedésem átváltott lázba, és a pánikroham pontban az induláskor kezdődött, elég szapora szívdobogással, egyensúlyzavarral. Hát mit mondjak, már mindenkihez fohászkodtam segítségért kínomban, és örültem, amikor le tudtam ülni egy padra. Aztán mikor kezdtem jobban lenni, próbáltam inkább a látványt élvezni, mely nagyon szép és megható volt. Szerencsére az egészből nem nagyon vett észre semmit a családom, mivel a ballagás volt a fő esemény. Az eseményekbe csak otthon „kukkantottam" bele, s már az is megkönnyebbülés volt, hogy idáig eljutottam. Azt, hogy mi kapcsolta be ezt a „kedves" kis pánikot megint, a történet végén szeretném ismertetni, melyre elég gyorsan rájöttem.

Szép, idilli képnek indult. Nőként egy férfival csónakáztam valamelyik tengeren. A ruhám a romantikus stílusra emlékeztetett, mely piros és zöld bársonyból készült. A hajamat szőkének láttam, szépen be volt fonva. Fiatalok voltunk és boldogok. A partnerem öltözéke is zöld színű bársonyból készült, rajta sárga gombokkal.

Egyszer csak elkezdett hullámozni a tenger, fújt a szél, pedig a nap tűzött. A csónak fölborult. A fiú olyan szerencsétlenül járt, hogy a fejét beverte a csónak orrába, és szinte azonnal meghalt. Teljesen kétségbeestem, és keservesen zokogtam. Azt hiszem, hogy sokkot kaptam a látványtól és a helyzettől. Kalapált a szívem, és nem tudtam, hogy mit csináljak. Ösztönösen is elkezdtem úszni, mivel más választásom gyakorlatilag nem volt. Szerencsére a sziget, amit a távolból láttam, nem tűnt messzinek. Nem tudom, mi adott erőt, de elúsztam odáig. A partra érve azonnal lerogytam a földre és elaludtam. Ki voltam merülve. Arra ébredtem, hogy őslakosok vettek körül, testük csontnyakláncokkal volt tele. Féltem tőlük, de nem bántottak, inkább itattak és etettek. Fejfájást, szédü-

*lést éreztem. Aztán odajött hozzám egy ember. A haja őszes volt,
fél lábára sántított és bottal járt.*

(Ahogy jobban a szemébe néztem, ráismertem, ki ez az ember a jelen életemből. Az alattam lakó szomszéd volt az. Sajnos a mai napig nem szimpatikus valamiért. A múltban sem volt az, látványától megborzongtam, féltem tőle.)

Ő az én nyelvemen beszélt. Azt mondta, segít hazavinni, mert nagyon tetszem neki. Egy hosszúkás csónakba ültünk be, néhány őslakos is elkísért bennünket. A víz akkor nyugodt volt, a nap fénye melegített, de én mégis féltem, mert a levegőben előtűnt valami hátborzongató. Aztán egyszer csak megérkeztünk. Egy kastélyban laktam. Az őslakosok visszafordultak, én pedig bementem ezzel a férfival az otthonomba. Odaszaladtam a szüleimhez, megöleltem őket, és gyorsan elhadartam, mi történt.

Belülről gyönyörű szép bársony bútorokat láttam. A szüleim megköszönték a megmentőmnek a segítséget, és megkérdezték tőle, hogy mit kér cserébe. Azt felelte, hogy az én kezemet. Ennek hallatán ismét megszédültem, s le kellett ülnöm. Nagy tiltakozásba kezdtem, mert nem akartam hozzámenni ehhez az emberhez. A szüleim megértettek, és inkább pénzt ajánlottak neki, amit végül nagy keggyel elfogadott. Megköszönte, majd sarkon fordult, és elment. Esteledett, már majdnem elaludtam, amikor láttam, hogy ég a kastély, s mindenki hanyatt-homlok menekül.

Nagyon gyorsan történt minden. Hintókba szálltunk, és elmentünk a nagynénémhez. Ő is egy szép házban lakott, és azonnal befogadott bennünket.

Még sötét volt, próbáltam volna aludni, de valaki kopogott az ajtón. Férfihangot hallottam, amikor a nagynéném ajtót nyitott. Azt állította, hogy még nem tudott hazaindulni, de látta, mi történt, segíthet-e valamiben. A nagynéném nemet mondott. Reszkettem, mert rögtön tudtam, hogy ki az, de aztán hallottam, hogy elmegy.

Egyszer csak a szobám ajtaján is kopogtak. Hangosan. A rémületem felerősödött, mert sejtettem, hogy ismét „hős" megmentőm állt az ajtóban, és biztos voltam benne, hogy ő gyújtotta föl a kastélyt bosszúból. Az ajtót könnyűszerrel kinyitotta. Könyörögtem, hogy ne bántson. Mikor felém közeledett, fölkaptam a kezem ügyébe akadt vázát, és fejbe vágtam. Ezek után összerogytam, és hangosan sírtam. Gyorsan kellett döntenem, mit tegyek a holttesttel. Kivonszoltam a hátsó ajtón, és a ház melletti folyóba beleengedtem. Azonnal elvitte a víz. Visszamentem a házba, de továbbra is reszkettem. A történetekből szerencsére senki nem vett észre semmit. Aztán csak beborultam az ágyba, és a fáradtságtól elaludtam. Reggel kimerülten ébredtem. Kínálgattak reggelivel, amit szó szerint tömtem magamba. Próbáltam úgy tenni, mintha nem történt volna semmi, de roszszul voltam az egésztől. A többi családtagom nem vett észre rajtam semmit, mert a tűzeset már eleve őket is megrázta.

A történetet még egyszer lejátszottam magamban, s már egy aranyszínű keretben láttam az átalakult, szép képet. Sikerült kioldani azt, amit oly régen elfojtottam. Hiszen azzal, hogy akkor nem beszéltem erről a szörnyű önvédelemről – ami végül is gyilkosságba torkollott –, azóta is megmaradt minden átélt feszültség.

Hogy hogyan „kattant" be az alsó szomszédomról ez a történet, azt most röviden megemlíteném. Este fél tíz volt, és az eső úgy ömlött odakint, mintha dézsából öntötték volna.

Már éppen készültem egy kicsit jógázni, mikor valaki teljes erejéből nyomta a csengőt. Először azt hittem, hogy a villanyt akarták felkapcsolni, és véletlenül a csengőt nyomták meg helyette, de akkor ilyen sokáig nem szoktak rátelepedni. Kinyitottam az ajtót, s a szomszéd idős férfi állt ott. Szinte belém fagyott a szusz. (Most már azt is megértettem, miért volt rám mindig ilyen hatással.) Közölte a maga ridegségével, hogy a vizet söpörjem le az erkélyemről, mert attól ázik az övé. Megpróbáltam teljes közönnyel értésére adni, hogy az eső elég erősen ömlik, és mindannyian ázunk. Egyébként sem lehetett volna lesöpörni a vizet, mert az erkély végén linóleum van felhajtva, hogy véletlenül se essen le onnan valami, amit kirakunk. Másfelől pedig, nemigen volt kedvem a szakadó esőbe kiállni. Aztán kértem, hogy ne csöngessen este fél tíz után, főleg ne teljes erőből. A hangomban persze nem tudtam leplezni a felháborodást, bárhogy is igyekeztem. Nem sokkal ezután „befelé" fordultam, és mivel nem akartam haragot tartani, leültem és megbocsátottam elsősorban magamnak, aztán neki. Nem volt könnyű, de sikerült. Ha esetleg lesz még egy életem, ezt a kis kellemetlenséget már biztosan nem kell oldanom. És amint írtam, még volt mit megbocsátanom az előző életemben történt találkozásunk nyomán is.

2010. június 12-én ismét S. C.-nél jártam, mivel úgy éreztem, hogy nem nagyon boldogulok jelen helyzetemmel, azért találkoztunk.

Az esemény, ami feljött, nagyon régen történhetett, még a kezdetekkor. Egysejtűként láttam magamat és úgy néztem ki, mint egy óriási szem. Vízben úszkáltam valahol, ami egy gusztustalan, langyos pocsolyának tűnt. A körülöttem levő környezetben csak fák ágaskodtak, a növényzet pusztán zöld fűből és barna földből állt. A levegő nagyon nedves volt, magas páratartalommal, a nap iszonyatosan tűzött.

Akárhogy kapálóztam, nem tudtam kimenni abból a trutyiból, meg a zöld moszatokból, melyek a vízen lebegtek. Majd valamilyen csoda folytán mégiscsak sikerült kikecmeregnem. Úsztam tovább, és találkoztam egy hozzám hasonló lénnyel, csak nagyobb volt nálam és farka is volt. Az ő szeme is „hatalmasra" nőtt. Mintha kinevetett és vigyorgott volna kicsi termetem és ügyetlenségem miatt. Csak az járt az „eszemben", hogy haladjak tovább. Egy gömbszerű szivacsot találtam magam mellett, mely apró lyukakon lélegzett, és engem egyre gyorsabban sodort egy tisztább vízterületre. Észrevettem, hogy a mélyben valami bugyborékolt, nagyon meleget árasztott és tölcsérszerűen elkezdett beszippantani. Aztán a víz alján egy tüzes képződmény egyszerűen fölemelt, és kidobott a partra. (Közben a fizikai tes-

temben erős lüktetés, pánik kezdődött.) Szinte teljesen kimerültem.
Majd odajött hozzám egy olyan hosszú farkú lény, amilyet a vízben
láttam, és kárörvendően fintorgott rám. Azt mondta, menjek vele,
majd ahol ő él, ott felhizlalnak, megetetnek, hogy nagyobb legyek.
Egy üreghez értünk, ahol sok ilyen hosszú farkú lény élt.

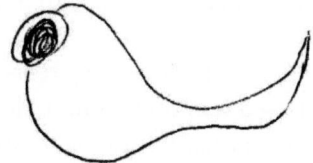

Velük találkozván ők is gúnyolódtak rajtam, de megkínáltak apró,
planktonszerű ételekkel, melyek kisebbek voltak nálam. Egyet be-
kaptam, s attól egy kicsit fel is töltődtem. Mégis el voltam kesered-
ve. Elindultam csúszkálva kifelé. Minden nagyobb és erősebb volt
nálam, bárhová keveredtem, vagy elsodortak, vagy kidobtak; nem
éreztem jól magam a térben. Hirtelen megláttam egy patakot, mely
kis vízesésben végződött. Elkeseredésemben beleevickéltem, és eldön-
töttem, hogy nem veszek levegőt, hagyom magam meghalni. Úgy is
lett. Fölszálltam a Fénybe. A magasban két gömbszerű fénylény fo-
gadott. Amikor átöleltek, már biztonságra leltem.

Ahogy minden békés lett, az egész kép átváltozott aranyszínűvé.
Ebből és a megkönnyebbülésből tudtam, hogy sikerült az oldás.
Ezután csak ásítoztam, mert nagyon álmos lettem.

A beszélgetésekről szeretnék pár gondolatot ejteni. Biztosan
eszedbe jutott, hogy hogyan beszélhetek én, mint egysejtű, egy
hosszú farkú lénnyel, moszattal vagy akármivel is. Ez nyilván
csak a lélek nyelve. Érzek valamit, amit tulajdonképpen a lelkem
lefordít, és megértem a kommunikációt. Ha jól belegondolunk,
akkor minden élőlény kapcsolatot teremt valahogy egymással,
legyen az növény, állat. Az állat hangokat hallat, de előfordul-
hat az is, hogy csak a mozgásával kommunikál. Egy a lényeg: a
maga módján „ő" is szocializálódik. A növények pedig mindig

reagálnak arra, ahogyan bánunk velük, például kivirágzanak, ellenkező esetben elszáradnak.

Előző életeinkben nagyon sokféle helyen, országokban éltünk. Amikor visszaemlékezem, nem feltétlen hallom és tudom, hogy milyen nyelven beszéltem akkor, de megértem a lelkem nyelvét, „aki" a mostani, magyar anyanyelvemen szólal meg.

Mindig, mindenkor meg tudjuk érteni magunkat, ha eljutunk ebbe a mély tudatállapotba.

Ezen a napon még egy érdekes dolog történt. Amikor megérkeztem S. C.-hez, még ő sem tudta, miért, de Cicukámnak szólított. Na, erre rögtön visszaszóltam neki, hogy „csak ezt ne". Ha bárkit így szólítottak – nem csak engem –, egyszerűen fölállt tőle a szőr a hátamon. A macskákért sosem voltam oda, és a mai napig is csak távolról nézegetem őket. Úgyhogy ezek után nagyon érdekelte, vajon honnan eredhet ez a nagyfokú macskaundor. Második oldásként ismét megkérte az „adatkezelőmet", adja ki azt az eseményt, ahonnan mindez fakad.

A kép rögtön megjelent.

Időszámításunk előtt 19-ben történt. Az emlék idillinek indult. Egy hatalmas, fehér épületben voltam, oszlopok mindenütt. A padló és a bútorok nagy része márványból készült. Kint az udvaron sütött a nap. Kislányként láttam magam, aki egy bölcsőben feküdt. Az anyám nagyon szép nő volt. Hosszú fekete haját befonva viselte, melybe apróbb díszeket tett. Világos, földig érő, egyenes szabású ruhát hordott. Az apám is jóvágású embernek tűnt fekete hajjal, drappos színű öltözékben, a derekán aranyozott, fonott övvel. Mindketten saruban jártak.

Nagyon szerették egymást és engem. Volt egy fehér macskánk, nagy rózsaszínű szemekkel, mely egyszer csak odajött hozzám, meg akart simogatni, de véletlenül az arcomat karmolta meg. Azonnal sírva fakadtam, mire odaszaladtak a szüleim, néhány szolga, meg a dada. Gyorsan füveket, különféle löttyöket kentek az arcomra, amitől hamar begyógyultak a sebek. A macskát közben elvitték jó messzire a háztól, hogy véletlenül se forduljon elő ez az eset még egyszer. Este azonban róla álmodtam, és nagyon zokogtam. A szüleim megijedtek, felvettek és megvigasztaltak. Hívtak egy bölcs jósnőt, aki a homlokomra, a homlokcsakrámra helyezett egy színes pöttyöt. Az ő kezéből elkezdte az én fejembe áramoltatni az aranyszínű energiát, mely oda-vissza cikázott. *Közben a nő mondott valamit, amely szöveget maga elé „vetítette" egy hieroglif írással. Ezt kifejtette a mi nyelvünkön, ami azt jelentette: „Nem fogsz félni a macskáktól a jövőben, de sosem fogod szeretni őket". Valamiféle bölcsesség hangzott a szavaiból; valószínűleg tudta, mi vár rám, és azok az emberek is, akik körülvettek is hitték, hogy létezik reinkarnáció.*

Emlékeim szerint az írás hasonlított valamilyen morzejelekre:

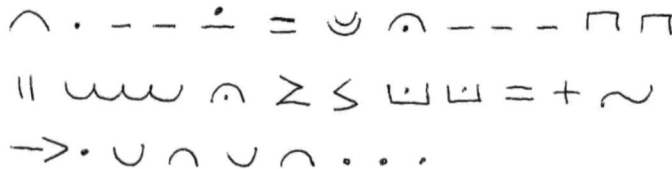

A szöveg balról jobbra olvasandó, mint manapság a legtöbb kultúrában.

Ezzel véget is ért a történet, többre nem emlékszem. Nyilván ez az esemény nem a pánikról szólt, de hogy mennyire logikusan és ésszerűen illeszkedik be a mindennapjaimba, az szinte megdöbbentő. Nem? Az a kedves hölgy tökéletesen megteremtette és megjósolta már akkor a macskákhoz való viszonyomat a jelenre vonatkoztatva. Úgy távolról szemlélve megvagyok velük, de nem tudtam megszeretni őket soha.

A következő emlékem megint csak szomorúnak tűnik, de mint már említettem, ne vedd a szívedre, olvasóm, hiszen ez is csak velem történt. A tudatalattimból szinte egymás után jöttek föl az események, pedig az egóm szerint már nagyon kellett volna egy kis szünet, hogy feltöltődjek.

(Ilyenkor van az a pont, hogy örülök is, meg nem is. Örülök, mert tudok emlékezni, de a tünetek elviseléséhez óriási türelem, kitartás és szeretet kell. Hiszen valahogy mindig akkor jönnek, amikor rengeteg a dolgom. És bevallom, a sok-sok oldás és mindenféle tapasztalat után is már nagyon várom, hogy egyszer végre az összes pánikolós karmámtól megszabaduljak, és a közérzetem folyamatosan tökéletes legyen.)

Szóval a következő „belelátás" *június 13*-án történt, otthon.

Hosszú vándorlást láttam, szekereken mentünk valahova. Egy tizenöt éves, szőke hajú fiú voltam, ujjatlan, kissé szakadt ingben, nadrágban, lábamon bocskorral. A kocsiban ült az anyám, akinek haja őszes volt, kontyban felkötve. Egyszerű, hosszú, bő szoknyát viselt, vékony, fűzött blúzzal. Az apámnak sötét volt a haja, öltözete hasonlított az enyémhez. Mellettem ült a húgom, aki hatéves lehetett. Velünk jött még néhány család, és egyedülálló férfiak is nyilakkal a kezükben. Külön szekér vitte a sátrakat, és egy másik az élelmet. Az élelem főleg olyan gabonából állt, mint árpa, búza, bab, zab, lencse, liszt, de volt kenyér, sonka, szalonna, hagyma és egy kevés gyümölcs is, főleg szőlő. Rengeteg jószágot, lovat, ökröt láttam. Ebből állt az összes vagyonunk. Nem volt sok, de legalább szerettük egymást.

Egy tisztáson táboroztunk le, amit fák vettek körül. Néhány erősebb ember gyorsan felállította a kör alakú sátrakat. A nők főztek, üstben vizet melegítettek (hasonló volt a maihoz), a férfiak tűzifát gyűjtöttek, és ügyes mozdulatokkal, két kő összedörzsölésével, gyorsan lángra lobbantották a tüzet. Lencsét ettünk, egy kis liszttel behabarva. A tányérok, kanalak többnyire fából készültek. Az erdő mellett egy kis folyó csörgedezett, amiben az asszonyok elmosták az edényeket. A jószágok is ittak a folyóból, melynek szinte tisztán átlátszott a vize. Mi gyerekek gondtalanul játszottunk. A kisebbek fából készült figurákkal, én és egy másik fiú saját készítésű nyilakkal egy fára erősített célba lőttünk. Sötétedéskor mindenki bement a saját sátrába, ahol gyapjúból és bőrökből készült takarókkal takaróztunk. Az éjszaka hűvös volt, a nappalok pedig melegek. Elaludtam, de hirtelen felriadtam. Lónyerítést hallottam, és félelmetessé vált a levegő. Néhány bandita kinézetű alak megpróbálta elkötni a lovainkat. Ők késsel és dárdával a kezükben gyalogoltak. Minden férfi felpattant álmából, de nem nagyon tudtak védekezni, mert váratlanul érte őket a támadás. Pedig csak tizenöten lehettek. Már mindenünket el akarták vinni, és mindenki kint volt a sátorból. Hirtelen nagy verekedés tört ki a két fél között. Mi védtük magunkat, ők támadtak. Azt vettem észre, hogy mindkét szülőmet leszúrták egy dárdával. A döbbenet és fájdalom belehasított a fejembe. Az erős nyomástól nagyon megszédültem, nem hittem el, ami történt. Majd eloldoztak annyi lovat, amennyi nekik kellett, magukkal vittek néhány sonkát, mindent összevissza daraboltak, s a dolguk végeztével kárörvendően ellovagoltak. Fájdalmat, dühöt, pánikot, szomorúságot éreztem. Csak fogtam a húgom kezét, aki folyamatosan sírt, de nem tudtam megvigasztalni, mert nekem is potyogtak a könnyeim. A földön rengeteg halott feküdt; csaknem tizenketten maradtunk életben. Majd kicsivel később a kisebb gyerekeket betereltük az egyik épen maradt sátorba, én pedig segítettem a felnőtteknek eltemetni a halottakat egy közeli tisztáson. A szüleim sírját körberaktuk a réten talált apró, piros virágokkal, közepén egy fakereszttel. A húgommal a sírok mellett térdepeltünk és imádkoztunk, hogy békére találjon a lelkük. A húgomat Katicának szólítottam, ő engem Hunornak. Aztán egy angyal jelent meg előttünk fehér ruhában. Megsimogatta a fejünket, s azt mondta, hogy sose féljünk, nem vagyunk egyedül. Azzal nyomban elillant.

A történet Kr. u. 9. században történt.

Ezen a napon jött még egy óriási feszültség, melyet úgy éreztem, hogy el kell engednem.

Az esemény természetesen egy másik korszakot idézett föl.

Kanyont láttam sziklás hegyekkel, a távolban pedig egy gyönyörű vízesést. A nap melegen sütött. Gazdag kisasszony voltam, világos színű, hosszú ruhában, legyezővel a kezemben. Nagyon szerettem volna látni ezt a vidéket, és megkértem a szolgámat, akit Jamesnek hívtak, hogy hozzon el ide. Lovashintóval mentünk. A lovak nem nagyon bírták ezt a kövezetet, emelkedőket, sziklákat, ezért megálltak. Az út jobb oldalán volt egy kis füves rész, s a szolgám azt javasolta, hogy odatereli a lovakat legelni egy kicsit. Vissza is ült a hintóba, de a fű mellett szakadék tátongott, melyet nem vett észre.

A kocsi kereke megcsúszott, a hintó a két lóval meg a férfival egyenesen belezuhant. Én ott maradtam, s a döbbenettől meg a rémülettől csak álltam és sírtam. A tehetetlenségtől ledermedtem, szédültem, *féltem, lábaim remegtek, fejem megfájdult. Nem tudtam, hogy mit csinálok itt egyedül, ki fog rajtam segíteni. Aztán egyszer csak arra jött két indián lóháton. Fekete, hosszú hajuk volt, és szép bőrruhájuk csak úgy fénylett. Látták, hogy nagyon szomorú vagyok, és csodálkoztak, hogy mit keresek én itt egyedül ezen a helyen. Fölajánlották, hogy hazavisznek. Fölsegített az egyik indián maga elé, és elindultunk haza. Átmentünk egy tisztáson, ahol már nem voltak dombok, csak néhány fa, mögöttük pedig egy kastély, ahol laktam. Elköszöntem a segítőimtől, akik továbbálltak. Otthon a szüleim nyakába borultam, és még mindig kábultan, de elmeséltem, mi történt. Az anyám mély dekoltázsú, előkelő, piros ruhában fogadott, az apám zöldesfekete színű nadrágot és felsőt viselt, rajta aranyszínű gombokkal. Éreztem, hogy szerettek, és sajnálták, ami történt.*

Mindehhez annyit fűznék hozzá, hogy mint ebben a helyzetben is, nagyon remegtek a lábaim, és a jelen időben is még mindig szoktam érezni ezt a bizonytalanságérzést alulról.

Mivel az eseményeket már egy ideje lejegyeztem, melyeket ismét átéltem, ezt a történetet is csak elolvastam még egyszer, s azonnal éreztem, hogy megkönnyebbülök. Az írással is oldódtam, valóban.

Csak érdekességként említeném meg, mert ide tartozik, hogy régebben sok verset írtam, amiben persze benne volt örömöm, bánatom.

Engedd meg, hogy most megosszam veled egyik írásomat, mely tulajdonképpen a legmélyebb önvalómról szól, és mint már említettem, neked is van ilyen!

Spirál

Vagyok egy fizikai test,
Mi egy alakot s energiát fölvett.
Ez a látszat, miben élek,
S mit kívülről oly sokan érzékelnek.

Kívülről a bőröm,
Belülről a szervek, szervrendszerek
Alkotnak egy testet,
Melyek mozgásba hozzák a rendszert.

Vagyok, s létezem,
De ez csak a „külső" testem.
Mi van belülről? Hol a lélek útja,
Mely tovavonul a halandóból
Az újra élő újba?

Befelé indul egy spirális vonal.
Először lassan, hallva a kint zaját,
Majd egyre gyorsabban, s közben
Tompul a zaj, egyszer csak
Elhal.

Megszűnik a kint, eljön a bent.
Előtűnik a végtelen nyugalom,
Mely odabent honol.
Megnyílik a kicsi mag, mely
Eddig csak passzívan szunnyadó „nyomor".

„Nyomor?!" Mit volna az!
Egy áldomás, mely odabent van,
Volt és lesz, ez nem vitás.
Csak nem vesszük észre,
Nem hisszük s tudjuk, hogy van.

Én vagyok ez. Én, egész valómban.
Melyből a mély, igaz
Érzelem kipattan. Figyelmeztet,

Hangot ad, véd és jelen van.
A spirális út legmélye,
Mely mindig, mindenhol,
De csakis bennem... ott van.

(Szeged, 2005. 03. 03.)

Már akkor is észrevettem, hogy minden sokkal könnyebb, ha kiírom magamból a gondolataimat. Mintha lepottyant volna rólam egy mázsás súly. A visszaemlékezéssel és az írással most is ez történik.

Ha belegondolok, már nagyon sok életen vagyok túl, és néha úgy érzem, hogy mindig az aznapi volt az utolsó, melyben elfojtottam valamit. „Mérlegségem" hatása által folyamatosan az egyensúlyt keresem, de olykor bizony kibillen a „serpenyőm". Átlendülök a türelmetlenbe, a nekikeseredettbe, és gyakran megkérdezem: „Vajon mikor lesz már ennek vége?" Ha megpróbálok egy kicsit „kinézni" a fejemből, akkor azt látom, hogy ez a sok nehézség, próbatétel mind-mind feladat, s értem van. A napi teendőkről, megélhetésről pedig még nem is beszéltem. Persze az ember mégis csak ember is, és néha jogában áll türelmetlennek, dühösnek, elkeseredettnek lenni. Ha így érzel, akkor mindig tudd, hogy most az vagy, tudatosan figyelj a gondolataidra, és ha lecsillapodsz, bocsáss meg magadnak! Ne vidd tovább ezt a feszültséget!

Azért jutnak most eszembe ezek a gondolatok, mert nem én vagyok az egyedüli, akit néha vagy tartósan elkap valamilyen megmagyarázhatatlan félelem, pánik. Van, akinél ez rövidebb, és van, akinél szintén hosszabb ideig tart. Ha rövidebb az időtartama, és úgy tűnik, nem fordul elő többet, akkor fellélegezhetünk, mivel valószínűleg feloldódtak azok a régi feszültségek, melyek mélyen befészkelték magukat sejtjeinkbe. De ha ezek nem oldódtak fel, vagy nem oldottuk, engedtük el őket, hiába van csak kevés belőlük, a tünetek ugyanúgy megmaradnak. Tehát egy hosszú ideig tartó szorongásos, pánikos időszak lehet akár egyetlen, de lehet akár életek láncolatának a sorozata is.

Tudom, hogy mindez csekély vigasz, de az a tapasztalatom az eddigiek alapján, hogy az orvosok nemigen tudják, vagy akarják tudni, hogy mi is a pánikbetegség valódi oka, sajnos.

Ezzel a rövid kitérővel csak emlékeztetni szeretnélek arra, hogy mindaz a visszaemlékezés, amit itt leírok, segítő szándékkal született és születik. Amire én a sok-sok keresgélés, „kanyargós út" során rájöttem, arra rájöhetsz te is. És bármire rájöhetsz, megvilágosodhatsz, amit nem értesz a jelen életedből, csak figyelj befelé, hiszen te is átéltél sok mindent, és egy csodálatos ember vagy, rengeteg emlékkel.

Ha már eléggé sikerült elérzékenyülnöd, akkor most folytatnám a következő emlékképemmel, melyet **június 17**-én „láttam", itthon.

Nőként egy sivatagban vándoroltam még két hölgytársammal együtt. Egy férfi vezetett bennünket tevéken. A férfi pompás öltözékben ékeskedett. Ruhája zöld és piros selyemből készült, a fején turbán volt. Mi lányok hosszú, egyenes szabású ruhát viseltünk, fejünk le volt fátyolozva. Fekete hajam a derekamig ért, s az ajkamat nem lehetett látni a fátyoltól.

A nap tűzött, a melegtől szédelegtem, fájt a fejem. Rövid időre leálltunk a környéken lévő egyetlen pálmafa alá pihenni. Sok vizet ittam, majd folytattuk utunkat. Közben észrevettem egy skorpiót közeledni felém. Nagyon megijedtem, de a férfi szerencsére ellökte egy bottal jó messzire.

A séta során megérkeztünk egy tengerhez. A tevéket útjukra engedtük, mi négyen pedig beszálltunk egy hajóba, amiben két férfi evezett. A hajó nagyon díszes volt, orra felfelé kunkorodott. Az oldalát hullámvonalak ékesítették.

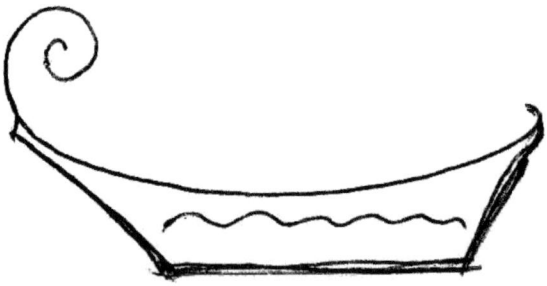

Amikor átkeltünk a tengeren, megérkeztünk egy szárazföldhöz. A kísérőink elvezettek egy pompás palotához, melynek tetejét rangos kupola csinosította. Az épület belsejében sok-sok arany pompázott és mindent színes szőnyegek borítottak. A falakat különféle mintákkal festették

ki. Láttam még egy fürdőt is, és rengeteg szobát. A fürdőből ki lehetett menni a kertbe. Csodaszép zöld gyep virított a kert közepén, körbekerítve rózsabokrokkal. Bennünket egy dúsgazdag uraság fogadott, akit mindenki felségnek szólított. Elhelyezett minket egy szobában, ahol át kellett öltöznünk a hastánchoz. Ott is díszes szőnyegek, apró, aranyból készült tárgyak, és ereklyék hevertek a földön. Közben egy idősebb hölgy behozott nekünk némi ennivalót, melyet a földre tett. Többnyire apró magvas gyümölcsökkel és kagylókkal volt megrakva a tálca. Innivalóként szép sárga színű, frissen facsart gyümölcslevet kaptunk. Szóval, evés után hastáncos ruhában kisétáltunk a felséghez táncolni. Három férfi kisebb-nagyobb dobokon és fúvós hangszereken játszott. Nekem egy zöld selyemruhát kellett magamra öltenem. Azonnal táncra perdültünk. A felségnek tetszett a produkció és a végén megtapsolt bennünket.

Aztán visszamentünk a szobánkba. A szoba mellett is volt egy fürdő, s rögtön meg is mártóztunk a vízben. Jólesett a fürdés, mert igencsak elfáradtunk a táncolásban. Majd átöltöztünk hosszú hálóruhába és lefeküdtünk. Az alacsony ágyak szépen meg voltak vetve. Reggel, miután megmosakodtunk és felöltöztünk a szolga által kikészített ruhákba, szólt egy férfi nekem, hogy látni kíván a felség, táncoljak neki. Hosszú, bordó színű, egyenes vonalú, bársonyos ruhát viseltem, a szám elé pedig ugyanilyen színű kendőt kötöttem. Amikor bementem az úr szobájába, ott találtam a földön, hátában késsel. Nagyon megrémültem, lábaim remegtek, pulzusom szapora volt, szédültem. Az ijedtségtől kirohantam. Úgy éreztem, hogy be kellett vizemnem magam, annyira melegem lett. Odaszaladtam az egyik kúthoz, és megmosakodtam.

Közben rám talált három férfi, miután fölfedezték a holttestet. Azt hitték, hogy én szúrtam le az uralkodót, és a vért próbálom lemosni magamról. Hiába bizonygattam, hogy nem én voltam – miért tettem volna? –, nem hittek nekem. A következő képben már csak azt láttam, hogy elégettek egy máglyán, a piactéren. Borzasztóan féltem, az utolsó percig küzdöttem, hogy kiszabadítsam magam a kötelékekből, de hiába. Amikor meghaltam, lelocsolták vízzel a holttestemet, s az még ott maradt egy ideig.

A lelkem szinte azonnal fölszállt a Fénybe. A két angyal már várt rám, és kísértek is engem. Abban a percben megnyugvást és boldogságot éreztem.

A tüneteim ugyanazok voltak, melyeket ebben az életben átéltem, de miután kiírtam magamból, hasonlóan megnyugodtam, mint a halálom pillanatában. A történet dátumát is láttam magam előtt, mely Kr.e. 1580 és 1590 között történhetett. A következő időszakokban a pulzusom szinte állandóan 90 körül mozgott, de ezt betudhattam közelgő menzeszemnek is. Hiszen az még „rá szokott tenni egy lapáttal". A fejfájás, levertség és álmosság érzése is jelen volt egész nap, szinte hullámzóan. Hol egyik, hol a másik erősödött fel jobban. Elmondhatom, hogy kutyául éreztem magam. Azt állítod, hogy ezt már nem lehet kibírni, hogy túl sok? Szerintem is, de még mindig itt vagyok.

Június 20-án otthon egy csendes délutánon magamba merülgettem. Természetesen az „adatkezelőm" már küldte is szépen az eseményeket. Lehet, hogy néha hihetetlennek tűnik a számodra, de nekem ez a visszaemlékezés már tényleg ilyen rutinosan megy. Úgy gondolom, elég időm volt a gyakorlásra.

Emlékeimben egy nádtetős parasztház képe rajzolódott ki. Ez a mi házunk volt egy kis faluban, ahol családommal laktam. A falát szép fehérre meszelték. Magamat tizenhárom hónapos kislányként láttam. Volt egy nyolc év körüli nővérem. A szüleim, szegény emberként, mindketten a földeken dolgoztak.

Aznap együtt mentünk a templomba. Engem babakocsiban tologattak. Az anyámon hosszú, barnás színű ruha volt, derekánál összefogva. Az apám sötét nadrágot, világos inget, fején pedig kalapot viselt. A járda macskaköves volt, az út mentén magas fák adtak egy kis árnyékot ebben a meleg nyári időben, mely jólesett, mivel a szellő sem fújt. Délután lehetett. Megérkeztünk a hűvös, de nem hideg templomba. A pap sokáig misézett. Amikor kijöttünk, már dörgött, villámlott, és szakadt az eső. Ezért visszafordultunk, s megvártuk, míg kitisztul az idő. A levegő pár fokot hűlt. Hazaérve szörnyű látvány fogadott bennünket. A házunkba belecsapott a villám, és még akkor is lángolt. Kétségbeesett embereket láttam mindenütt. A szüleim teljesen magukba roskadtak, a nővérem és én sírtunk. Az eső közben megint „rázendí-

tett", a házból már szinte csak a hamu maradt. Sietve elindultunk a nagyszülők házához. Egy cseréptetős parasztház volt, hosszú előtérrel. Ők az anyám szülei lehettek, akik azonnal befogadtak bennünket. A nagymama kását főzött, nekem pedig még tejet is forralt, melyet vastag porcelánbögréből ügyesen megittam. Már kapaszkodva fel tudtam állni egyedül, s önállóan sétáltam néhány lépést. A nagyi nagyon szeretett rólunk gondoskodni, ezért mindent megtett, hogy ezt a borzalmas traumát valahogy átvészeljük. Szépen megágyazott az egyik szobában, ahol mind a négyen elfértünk.

Reggel a szüleim elmentek dolgozni. Ránk, gyerekekre, a mama vigyázott, a papa pedig az udvaron faragott valamit. Főzelékeket ettem, melyek nagyon ízlettek. Ebéd után aludtam, majd estefelé megérkeztek a szüleim. Apu erősen köhögött. Másnap korán kijött az orvos, és megállapította, hogy tüdőgyulladás. Ágyban kellett maradnia. Így csak anyu tudott dolgozni, aki pedig elég kimerültnek látszott. Az apámnak egyre jobban emelkedett a láza, és pár nap múlva meg is halt. Mindenki sírt körülöttem, én pedig nem tudtam, hogy mi történik. Fel akartam mászni hozzá az ágyába, de senki nem engedte.

Rövid idő múlva el is temették. Sok-sok fekete ruhás embert láttam.

Az ő halálával az anyagi helyzetünk is eléggé megromlott, s alig tudtak nekünk, gyerekeknek enni adni. Néhány hónapig nyomorban éltünk.

Már kétéves lehettem, amikor az anyám elvitt sétálni. Akkor is kocsiba ültetett, mert messzire mentünk. Egy takaros házhoz értünk, ablakai hosszúkásak, keskenyek, oldalt mintával díszítettek voltak. Az ajtaját sötétbarnára, falát fehérre festették. Bementünk oda. Egy jómódú házaspár élt benne, akiknek nem volt gyerekük. Az asszony világoskék színű, hosszú csipkeruhát hordott. A férfi is elegáns öltözéket viselt. A bútorokat többnyire halványbarna színű bársonyhuzattal védték, oldalukat kifaragták. Egy szolgát is láttam a házban. Az anyám egy keveset társalgott velük, aztán azt mondta nekem, hogy elmegy egy kis időre, majd később visszajön értem. Nem jött vissza; otthagyott azokkal az idegen emberekkel, kik hiába próbáltak hozzám kedvesek lenni, ennek ellenére én eléggé elszomorodtam.

Természetesen, ahogy eloldódott ez a történet az írás során, úgy könnyebbültem meg ismét.

Nagyon érdekelt, hogy mikor élhettem át mindezt, és azt láttam, hogy „nem is olyan régen" történt: az 1900-as évek elején. Megfigyeltem, hogy néha egy-egy tünet vagy érzet szinte ismétlődik. Van, mikor néhány napon vagy héten keresztül mindig ugyanabban az órában jön egy álmosság- vagy szívdobogásérzet, de még a fejfájás is. Aztán ugyanúgy el is múlik. Ebből arra következtettem, hogy ilyenkor az átélésben egymásra kísértetiesen hasonlító traumák, életek jönnek föl egymás után, megint csak függetlenül az időrendi sorrendtől. Az időjárás is szinte megegyezett ezekben az esetekben a több ezer évvel ezelőtti éghajlattal.

Amikor így írok, néha eszembe jut, hogy most nem tudnám megmondani, hány életre fogok még visszaemlékezni a könyvem végéig. Ez nekem is rejtély, magam is kíváncsian várom a folytatást, na és persze a tartós megkönnyebbülést.

De addig is lássuk a következő történetet! (Mintha mindegyik egy külön regény lenne, rövidebb kiadásban.)

2010. június 21-ét írtunk, mely napon ismét S. C.-nél voltam. Az idő nagyon borongós, sötét felhős volt, ilyenkor az ember legszívesebben ki sem mozdult volna otthonról, de a személyes találkozás mindig jót tett nekem, ez történt akkor is.

Egy olyan életbe „csöppentem" bele, ahol egy dzsungelben éltem. Magamat tizenkét éves fiúként láttam, fekete bőrszínnel. A hajam is sötét színű, és nagyon göndör volt. Ruhát nem viseltem, csak alul egy bőrdarabot, mely eltakarta, amit kellett.

A környéken magas fák ágaskodtak, melyeken apró majmok ugráltak, a levegőben pedig színes madarak röpködtek. Sétálgattam az erdőben egy nyíllal a kezemben. Madárra vadásztam, hogy legyen élelmünk. Sikerült is egyet eltalálnom, azt boldogan megfogtam és hazavittem. A szüleim erős fából s nádból építettek magunknak házat. Volt egy öt év körüli öcsém is. Több családdal éltünk együtt szorosan, de külön házakban. A házak előtt az emberek körben ültek, doboltak, és többen még táncoltak is.

Hazaérve odaadtam a szüleimnek az elejtett madarat. Nagyon örültek neki, az anyám gyorsan meg is pucolta, s nyárson megsütötte. Jókat falatoztunk belőle.

Aztán mikor kezdett esteledni, mindenki betért a saját házába. Nemcsak az estétől lett sötét, hanem a nagy gomolyfelhőktől, melyek megjelentek az égen. Én még egy kicsit ott maradtam a házunk előtt, de közben furcsa és félelmetes hangokat hallottam. Olyan volt, mintha egy nagy és ismeretlen állat közeledett volna felénk. Szinte az egész levegőt áthatotta a félelem. Akkor már bementem a házba, és csak a réseken tudtam leskelődni. Mindenki félt. A szomszéd kunyhóban egy nő annyira jajgatott, hogy szinte már „bekattant". Eszelősen kirohant a szabadba, kínjában elkezdett mindenféle csörgőket csörgetni, énekelt, ordítozott, mintha el akarná űzni ezt az ismeretlen fenevadat. Hiába kiabált neki mindenki bentről, hogy ne tegye.

Aztán egyszer csak ott termett egy nagyméretű macskaféle, de pontosan nem is tudtam, hogy milyen állat ez. Fekete volt a színe, rajta világosbarna foltokkal.

Az állat a fogát vicsorgatva egyből ráugrott az asszonyra, és szinte pillanatok alatt széttépte. Borzasztóan megrázott mindenkit az esemény. Többen jajgattak. Amikor már csak a csont és a vér látszott a nőből, a Nagy Macska arrébb vitte egy kicsit, aztán visszament az erdőbe. A férfiak kimerészkedtek a házakból lándzsákkal, nyilakkal, majd követték őket a nők, gyerekek és jómagam. Nagyon ledermedtem. Alig álltam a lábamon, inkább a földre ültem. A látvány egyszerre volt ijesztő, félelmetes és undorító. Aztán elkezdtem nézegetni a kezeimet, majd az egész testemet, és rájöttem, hogy én is ilyen undorító vagyok belülről. Megfájdult a fejem, szívem begyorsult, rám jött a pánik, mely rögtön vissza is rántott a földre. Körülöttem az emberek siránkoztak, pedig ezek a primitív népek – beleértve magamat is – tökéletesen tisztában voltak azzal, hogy a lélek nem hal meg. Ennek ellenére a hölgy fizikai jelenléte nagyon hiányzott mindenkinek. Jó ember volt.

Majd mindannyian némán ásni kezdtünk egy nagy gödröt, és beletemettük a tetemet. A tetejére földet szórtunk, melyet apró kövekkel, kagylókkal, növényekkel díszítettünk. A férfiak aztán doboltak, az asszonyok pedig körbetáncolták a sírt. Én először csak kívülről szemléltem az eseményeket, mert még mindig a történtek hatása alatt álltam, később azonban bekapcsolódtam a táncba. Már a ritmus hatására éreztem, hogy egy kicsit oldódott, a bennem felgyülemlett feszültség.

(De, úgy látszik, akkor mégsem sikerült mindent maradandóan kioldani.)

A visszaemlékezés során a legnehezebb résznél elakadtam. Nem voltam benne biztos, hogy tudom tovább folytatni és hangosan mondani az eseményeket, annyira félelmetes és sokkoló volt az élmény. Vezetőm segítségével azonban mégis sikerült tökéletesen „belezuhanni" az akkori korba, mint ezidáig mindig. Lassanként megvilágosodott előttem, hogy ez a cselekmény sem fog már negatívan hatni rám, mert hazafelé menet annyira elálmosodtam, hogy szinte alig tudtam nyitva tartani a szemem.

Teljesen tisztává vált számomra, hogy a sok sötétség, s a felhők hozták elő ezeket az emlékképeket. Hiszen akkoriban is fekete fellegek cikáztak az égen, és az állat is fekete alapszínű volt. Arra is magyarázatot ad a történet, miért érzem még a mai napig is, hogy legszívesebben többször leülnék az utcán, ha tehetném. A lábaim elkezdenek inogni, ha várakozni kell például egy buszmegállóban, vagy a zebránál állva. Ez a fajta bizonytalanságérzet jelenik meg minden pánikolós, félelmekkel tarkított előző életemben is. Bár, gondolom, már nem sokat kell magyarázkodnom az összefüggésekről, biztosan rájöttél magadtól is. A következő napon megint a nagymamám felé tartottam bevásárolni. A szédelgést, kellemetlen tüneteket tizenegy óra körül kezdtem érezni, és már menet közben bevillant egy-egy kép. Rögtön biztattam magamat azzal, hogy „minden rendben van, az összes életfunkciód tökéletesen működik, igenis be tudsz vásárolni, és nem lesz semmi baj". A képet, amire emlékeztem, gyorsan elhessegettem, és törekedtem arra, hogy most csak a jelenben legyek. Ezt majd otthon folytatom, ha hazaérek. Eltartott egy ideig, míg közérzetem javulni kezdett, de végül is sikerült.

Már említettem, hogy csakráink egy félelmi helyzetben, pánikban azonnal bezárulnak, legyen az múlt vagy jelen, és ilyenkor célszerű őket „nyitogatni", hogy testünkben továbbra is áramolni tudjon az egyetemes isteni energia. Ha elakad ez az áramlás, könnyedén el is ájulhatunk. Persze én is azonnal megfeledkezem erről, és csak később jut eszembe, hogy meg kellene magamat nyitni. Ez mind a hosszú és sok gyakorlás, a rutin kérdése, hiszen természetes már az a tény is, hogy az ember egy ijedt állapotban összerándul. Ha érzel valami hasonlót, erről ne feledkezz meg!

Azt, hogy otthon milyen emlékképek jöttek föl a tudatalattimból, most eléd tárom. Sajnos ez sem egy rózsás történet, de ha az lenne, akkor lehet, hogy megtartanám magamnak.

Egy huszonnyolc év körüli pilóta férfi voltam. Terepszínű ruhát és sötét csizmát viseltem. A szememet védőszemüveg takarta, a fejemet pedig sisak borította. Egyszemélyes, nyitott tetős kisrepülőgépet vezettem, melynek egyik szárnyán néhány piros csillag rajzolódott ki. Egy nagy tisztásról emelkedtem a levegőbe. A repülőben rögtön becsatol-

tam magam. Volt benne egy kezdetleges rádió is, azon tudtam beszélgetni. A nap melegen tűzött. A magasból hegyeket, vizeket láttam. Egy hatalmas tenger fölött repültem. Az ég világos volt, de kezdett fújni a szél. Útközben sokat ittam, vittem magammal vizet egy kulacsban. A rádióban valaki azt mondta, hogy a legközelebbi szigeten szálljajak le, mert vihar közeleg. Már láttam is a zöld területet. Hamarosan tényleg dörgött, villámlott, a szél fújt, csak úgy dobálta a repülőt. Kezdtem félni. Egy fontos irat volt nálam, amelyet el kellett juttatnom valakihez. A fejem lüktetett, a szívem kalapált. Észrevettem, hogy a gép alul füstöl. Már nagyon kevés volt hátra, hogy eljussak a szigetig. A rádiót hiába kapcsolgattam, nem működött. Végre elértem a tisztáshoz, de amikor próbáltam leszállni, belecsapott egy villám a repülő oldalába, az kigyulladt, és azonnal lezuhant. Fák között landolt, s már az erdő is égett. Annyi lélekjelenlétem még volt, hogy a becsapódáskor kikapcsoljam az övemet, így szinte kiröpültem a gépből, mielőtt az lezuhant. A repülő a fákon égett, én a homokos földre estem pár méterrel arrébb. Szinte mindenemet összetörtem, az eszméletemet is elvesztettem. A hátam rettenetesen fájt. Rosszul néztem ki, de legalább éltem. A gépből ez idő alatt már nem maradt semmi. A tenger hulláma néha elért a parthoz, egészen a lábamig.

Egy teljes napig feküdtem ott, aztán meghaltam. Senki nem járt arra. Már kiszállt a lelkem a testemből, de sokáig keringett még fölöttem. Az angyali segítőim, akik vezettek engem, gyorsan megérkeztek, mert ideje volt a Fénybe mennem. Jó volt velük lenni, és lassan megláttam a világosságot.

Ennyi lett volna. Hogy pontosan mikor történt mindez, azt nem tudom. A látványból, technológiából érzékelve bizonyosan ez az esemény volt a legközelebb a jelen korhoz. **Június 25**-én láttam a soron következő élményt. Este kilenc felé éreztem egy kis feszültséget a homlokomban, mintha meglökött volna. Rögtön tudtam, hogy mi a helyzet, ellazítottam magam, és már jöttek is a képek.

Fiatal katona voltam, piros-kék színű egyenruhában. Közel húsz társammal együtt egy pusztán lovagoltam, amikor idegenek váratlanul megtámadtak bennünket. Ők többen lehettek nálunk. Puskával lőttek ránk, ami olyan hirtelen történt, hogy alig tudtunk védekezni. Összesen öten maradtunk életben, a többiek mind meghaltak. A támadók ezután gyorsan megléptek. A halottak lovai elszabadultak. Elsétáltunk a legközelebbi településre, mert ásókat, lapátokat akartunk kérni, hogy eltemethessük a halottakat. A falut – mely mindössze csak néhány házból állt – teljesen fölgyújtották, az embereket meggyilkolták. Férfi létemre potyogtak a könnyeim. Ez már sok volt egy napra. Az udvarokban, melyek még nem lángoltak, találtunk néhány ásót. Kerestünk egy tisztást, és automatikusan, csöndben ásni kezdtünk. Érezni lehetett a halál szagát a levegőben. Rettenetes élmény volt. A tetemeket a gödrökbe cipeltük, aztán elmentünk a meggyilkolt társainkért, és őket is odavonszoltuk. Borzalmas volt a látvány, végtelen szomorúsággal töltött el. Fáradtnak, kimerültnek éreztem magam, az ájulás környékezett, de csöndben folytattam a munkát. Amikor már mindenkit méltóan eltemettünk, megszórtuk néhány mezei virággal a sírokat, majd továbbálltunk. Hazafelé indulva egy szót sem szóltunk egymáshoz.

Nemsokára beértünk a városba. Elsétáltunk egy folyó mellett, majd láttam egy nagyobb teret, utána áthaladtunk egy vastagabb, kapuszerű építmény alatt.

Beljebb érve újabb döbbenet fogadott. Alig akartam hinni a szememnek. Az utcákon szinte egy lélek sem tartózkodott. Néha egy-egy hintó gyorsan elillant előttünk, viszont sétáló embereket sehol nem láttunk. A házak ablaka, ajtaja zárva volt, máshol tárva-nyitva, de emberi hangokat nem lehetett hallani. Nemsokára odaértem a házunkhoz. A kapuja széles volt, ablakai hosszúkásak, fala sárga. Nem tűntem szegénynek a házam látványa alapján.

Amikor benéztem, már zokogtam. A feleségem és két gyerekem halott volt, golyó végzett velük. Csak lerogytam melléjük és nem értettem, nem is akartam elhinni, amit láttam. Egyfolytában azt kérdeztem magamtól, hogy „miért?". Aztán a többi társam is arrafelé vetődött. Az ő családjukat is lemészárolták. Annyira dühös és elkeseredett lettem, hogy azonnal végezni akartam magammal.

Az anyám mentett meg ettől, aki a szomszéd házban lakott, s hál' istennek élt. Szinte megkönnyebbültem, hogy ő legalább megmaradt nekem. Alig tudtam összeszedni magam.

Aztán az utcán hirtelen elindult valami nyüzsgés. Aki élt még, vitte a halottjait a közeli temetőbe azzal, amivel éppen tudta. A módosabbak hintón, a szegényebbek lovon vagy szekéren. Egyszer csak megjelent egy férfi, aki hangos kiáltozással körbe-körbe rohangált az utcán: „Kitört a forradalom!" Minden világos lett. Amikor magamhoz tértem, én is búcsút vettem a családomtól, és fölpakoltam őket egy kocsira, letakarva. Az anyámmal együtt elhajtottam velük a temetőbe. Nehezen tudtam tőlük megválni. A temetés után megjelent egy pap is, aki áldást osztogatott. Ezután még ott maradtam egy kicsit az anyámmal, és csak néztünk magunk elé.

Ennyi. Azt hiszem, az eseményeket nem kell kommentálnom. Nehéz volt rajta még egyszer átmenni, de ahhoz, hogy el tudjam engedni, muszáj volt.

Az újabb visszaemlékezés két nap múlva történt.

Ugyanúgy, mint az előbbi esetnél, megint csak estefelé kezdtem érezni a feszültséget a homlokomban és a lábaimban. Egy kicsit még köhögtem is. Ez is elég megrázó történet, de érdekes és izgalmas részeket is tartalmazott.

Szintén fiatal férfiként éltem, akit egy társammal együtt foglyul ejtettek. Két arabnak tűnő katona vezetett bennünket, miután partra szálltunk egy hajóról. Az oldalukon fegyvert hordtak. A mi kezünk az egész úton össze volt kötözve. Egy sivatagba érkeztünk, ahol újabb két férfi fogadott, kendővel a fejükön. Rajtunk egyszerű öltözék volt: világos, bő ing, sötét nadrág, és csizma. Amikor megérkeztünk, a mi fejünket is becsavarták fehér kendővel, nehogy napszúrást kapjunk. Igaz, hogy foglyok voltunk, de valamilyen oknál fogva mégis védtek bennünket. A vállunkon bőrtarisznyát vittünk, melyben térkép, iránytű, véső, íróeszközök, papírok, nagyító, víz és kenyér lapult. Emellett még egy-egy nagyobb táskát is magunkkal hoztunk. Kétséget kizáróan tudósként dolgoztunk. A két férfi, aki ott várt bennünket, tevéket hozott nekünk, melyekre felültünk, ők pedig vezették az állatokat. Nehezen másztunk föl rájuk, hiszen a kezünk meg volt kötve.

Elsétáltunk néhány piramis mellett, míg végül odaértünk egy lapostetős, kőből épült házhoz. Belépve az ajtón egy gazdag úr fogadott hosszú, tarka selyemruhában, a fején valami turbánszerűséget hordott. Közben a kísérőink eltávoztak, előtte azonban megszabadítottak kötelékeinktől. A ház szinte úszott a pompában. A padlót mindenütt, sőt még a falakat is szőnyegek díszítették. A szekrények sötétek, lakkozottak voltak, a bútorok pedig, melyeket bársonyhuzat borított, nagyon ékesek. Sötétedéskor már petróleumlámpákkal világítottak. Több szoba is volt a házban. Az egyikben elejtett állatok trófeái díszelegtek szinte mindenütt. Leginkább oroszlánfejeket láttam. Ez az úr nagyon szeretett vadászni.

„Vendéglátónk" szívélyesen fogadott bennünket, rögtön ételt hozatott egyik szolgájával. Leültünk egy nagy asztalhoz, és jókat falatozgattunk a gyümölcsökből meg a tengeri herkentyűkből. Italként bort kaptunk. Aztán bevezetett a vendégszobába, ahol két ágy, egy asztal, meg egy szekrény volt. Innen nyílt egy fürdőhelyiség is. Az úr búcsúzásként azt mondta, hogy aludjuk ki magunkat, mert másnap nagy munka vár ránk.

Kora hajnalban egy hölgy behozta nekünk a reggelit, majd távozott. Evés után felöltöztünk, fejünkre kalapot tettünk, és kimentünk az előtérbe, ahol a ház tulajdonosa már várt bennünket. Vállunkra tettük a tarisznyát, melyben benne voltak a fontosabb eszközök, és útra készen álltunk. Pontosan nem tudtuk, mi a feladat, de vártuk az utasítást.

Az uraság azt kérte, hogy találjuk meg I. Thotmesz fáraó kincseit, és hozzuk el neki. Útravalóul még kaptunk petróleumlámpákat, ásókat, és némi enni-innivalót is. Már értettem, hogy miért volt velünk kapcsolatosan ez a nagy „védelem". A feladatot nagyon etikátlannak találtam tudós létemre, hiszen lopnunk kellett. Éppen tiltakozni akartam, mikor a társam meglökött, hogy ne tegyem: az életünkkel fizethetünk érte.

Elindultunk hát ismét a két fegyveres kíséretében. Ők még zsákokat is hoztak magukkal, a kincseknek.

Hamarosan megérkeztünk egy piramishoz. Csöppet sem voltam meggyőződve arról, hogy ez a piramis I. Thotmeszé lehetett, de mi-

vel vezetőink nem tűntek valami szelíd bárányoknak, nem ellenkeztem. Az ajtó könnyen kinyílt, és mi bementünk. Ők kint maradtak, s előtte a zsákokat nekünk adták. Lefelé indultunk el lépcsőkön, ahol még világítva is sötét volt, és hideg. Végre odaértünk egy nagyobb helyiségbe, ott már pislákolt némi kis fény. Hogy ez hol szűrődött be, azt nem tudtam. A terem tele volt egyiptomi szobrokkal. Némelyik alak már megrepedezett egy kicsit, a tárgyak összevissza sorakoztak egymáson, mintha már járt volna itt előttünk valaki. Aztán egy ajtóhoz értünk, előtte két macskaszobor állt. Próbáltuk feszegetni, hogy kinyíljon, de nem sikerült. Csak álltunk tanácstalanul, aztán eszembe jutott, hogy vissza kellene fordulni, mivel nem találtunk semmit. Egy kicsit eluralkodott rajtam a félelem, mivel nem jószántunkból tettük ezt az egészet, hiszen erőszak áldozatai voltunk.

A barátom, aki szemüveget viselt, valami feszítő szerszámmal is megpróbálta kinyitni az ajtót, de az nem adta meg magát.

Mindketten fáztunk, az időérzékünk is eltűnt, fogalmunk sem volt, mennyi ideje lehettünk odalent. Kicsit köhögtem. Furcsa, nyomott volt ott a levegő. Aztán kínomban az egyik tenyeremmel rátámaszkodtam az ajtóra, közben váratlanul elfordult egy tégla, és az kinyílt. Végre bementünk. Káprázatos, szemet gyönyörködtető látvány tárult elénk. Minden csordultig telt arannyal. Gyertyatartók, láncok, kelyhek, de még egy aranyból készült fáraószobor is előbukkant.

Tudtuk, hogy amit tenni készülünk, az helytelen, és semmit nem akartunk innen elvinni. Viszont eszünkbe jutott az is, hogy ha valamit nem mutatunk föl, akkor azonnal agyonlőnek bennünket. Ezért elhatároztuk, ha már itt vagyunk, akkor közelebb megyünk a kincsekhez, és legalább jól szemügyre vesszük őket. Mivel tudósok voltunk, gondoltunk az esetleges csapdákra is. Apró kavicsokat dobáltunk egy-egy tárgy közelébe, de szerencsére nem történt semmi, így hát odamerészkedtünk.

Csöndben a zsákba raktunk néhány tárgyat, majd a barátom egyszer csak meglátott egy szép zöld színű követ egy emelvényen. Odament hozzá, elővette a nagyítóját, hogy megnézze alaposabban. Amikor a kezébe vette, hirtelen alulról megnyílt valami, és ő azonnal beleesett a süllyesztőbe. Nagyon féltem. Elsétáltam a gödörhöz, és láttam, hogy hanyatt feküdt szegény, nem mozdult. Néhányszor szólongattam, de hiába. Azonnal tudtam, hogy meghalt. Mellette ott feküdt a szemüvege összetörve. Olyan feszültség jött rám, hogy nem tudtam, mit tegyek. Ledermedtem. Nem bírtam elviselni az elvesztését. Csak arra gondoltam, hogy ki innen, de minél gyorsabban. A két zsákot otthagytam, hiszen ezek miatt halt meg a társam. Erőt vettem magamon, és szinte rohantam át a termen, majd fel a lépcsőkön. Amikor kiértem a piramisból, odakint már kezdett sötétedni. Fel sem tűnt, hogy majd' egy teljes napot töltöttünk ott. A kísérőim a helyükön vártak türelmesen. Elmondtam nekik, hogy mi történt, és tudtukra adtam, hogy nem vagyok hajlandó többé lemenni oda, akármit is tesznek velem. Erre ők valamit káromkodtak, de nem bántottak, hanem visszavezettek az urukhoz, aki csak ingatta fejét, s azt mondta, hogy másnap többen lemegyünk az épületbe, és fölhozzuk a kincseket.

Este a szobámban ültem tele szomorúsággal, s arra gondoltam, vajon hogyan szökhetnék meg ebből a rabságból. Amikor lefeküdtem, nagyon elkezdtem köhögni, majd rejtélyes módon megfulladtam. Láttam, ahogy a lelkem kiszállt a testemből, és gyorsan összetalálkozott a barátoméval. Még ott időztünk egy kicsit, aztán mindketten elindultunk felfelé a Fénybe, ahol végre nyugalomra találtunk.

Ez az esemény a 19. sz. végén történt, ennyit adott ki az „adatkezelőm".

„Pihenésképpen" szeretnék néhány szót szólni arról, valójában mi is az a *halál*. Valószínűleg te már nem ijedsz meg ettől a szótól ennyi olvasás és a spirituális ismereteid alapján.

Mivel sokszor láttam magamat meghalni, úgy gondolom, illik róla ejteni néhány gondolatot. Saját szavaimmal nem tudnám olyan szépen megfogalmazni ezt a témát, mint a Himalája mesterei, ezért engedd meg, hogy ismételten tőlük idézzek részleteket!

„A halál nem semmisít meg, csupán a testedtől választ el. A halál együtt jár a testtel... Senki sem élhet örökké ugyanabban a testben. Testünk ki van téve a változásnak, a halálnak, és a

81

hanyatlásnak... Nagyon kevesen ismerik azt a technikát, amivel megszabadulhatnának az élethez való ragaszkodástól. Ez a technika a *jóga*, de nem az a jóga, ami a modern világban hódít, hanem az, amelyik a legmagasabb szintű meditációt jelenti. Ha egyszer megtanulod a helyes meditációs technikát, test-, tudat- és lélekfunkcióidnak is ura leszel. A *prána* és a légzés révén létesítesz kapcsolatot tudatod és tested között. Ha leáll a légzésed, a kapcsolat megszakad. Ezt az elkülönülést nevezik halálnak, de közben még mindig létezel... Ez a fizikai világegyetem a lét egyik jellege csupán. Képesek vagyunk a lét más jellegeit is megismerni, de nem teszünk komoly erőfeszítéseket annak érdekében, hogy ráébredjünk erre a képességünkre. Tudatunk továbbra is csak a világ fizikai jellegére összpontosul. Az ember azért szenved, mert nem ismeri az egészet...

Ha az anyagi világot a bölcsek életmódjával hasonlítom öszsze, az előbbit kézzelfoghatónak találom, ahol a hangsúly a látható, tapintható és megfogható dolgokon van. A bölcsek életmódja, és az őket körülvevő légkör, noha nem anyagi, sokkal realistább, amíg az élet kérdéséről van szó. Az anyagi világnak szintén van némi értéke az életben, az Abszolút Valóság tudata nélkül azonban minden hiábavaló...

Életünk ismert szakasza egy olyan vonal, ami két pont, a születés és a halál között húzódik. Az emberi lét nagyobbik hányada kívül esik e két ismert ponton, számunkra láthatatlan. Aki ismeri az élet ismeretlen részét, az tudja, hogy itteni életünk olyan, mint vessző egy hosszú mondatban, aminek nincs pont a végén. Az ősi jógikus írásokban azt mondják, hogy a test elhagyásának megvan a maga meghatározott módja. Tizenegy kapuról beszélnek, ezeken keresztül képesek kilépni a *pránák*, vagy finomabb szintű energiák. A jógi megtanulja, hogy a kutacsnál, a fejtetőn található *Brahma-randhrának* nevezett kapun hagyja el a testét. Azt mondják, hogy aki átlép ezen a kapun, tudatos marad, és pontosan úgy ismeri a túlvilági életet, mint az itteni...

A haldokló emberek általában magányosnak érzik magukat, és félelem tölti el őket. Egyfajta hamis biztonságérzet alakul ki bennük – erősen kötődni kezdenek gyermekeikhez és a tulajdonukban levő tárgyakhoz...

Az élethez és a világ tárgyaihoz való kötődésük miatt érezték szerencsétlennek magukat. Akik tudatában vannak a belső halhatatlanságnak, azok szabadok és nem kötődnek a világ tárgyaihoz. Pozitív tudatállapotban hagyják el mentális testüket... A mai ember... Amikor haldoklik, szerencsétlennek érzi magát, és fizikai fájdalmak gyötrik. Modern társadalmunk... még mindig nem ismeri az élet és a halál titkait. A modern ember eddig még nem fedezte fel a benne rejlő erőforrásokat. A halál a testtel jár, szükséges változás. A haldokló embert pszichológiailag is fel kellene készíteni erre a pillanatra. A halálnak nevezett elkerülhetetlen változás nem fájdalmas, a halálfélelem azonban szenvedést okoz a haldokló számára. A modern ember sok mindent megtanul, ami biztosítja a világban való sikerét, de senki sem adja át azt a tudást, ami megszabadítaná a halálfélelemtől. Az ember számára alapvető, hogy megtalálja a halál megnyugtató módját."

Ennyi lett volna az idézet. Szerintem minden benne van. Ilyenkor szokott az eszembe jutni, hogy milyen jó lenne, ha az iskolákban a puszta tananyagon kívül valami tágabb, valóságosabb tudást is adnának a gyerekeknek. Lehet, hogy több boldogabb ember sétálgatna a Földön? Azt hiszem, ez megint csak egy költői kérdés maradt.

A következő esemény viszont nem. Nagyon is a zsigereimben éreztem a pánikroham egy újabb, „kedves" kitörését. *Június 29*-én úgy alakult a napom, hogy akadt számos elintéznivalóm ilyen-olyan hivatalokban. Azt tudni kell, hogy ezeken a helyeken valamilyen oknál fogva eleve nem szeretek lenni. Már induláskor éreztem azt a borzalmas remegést a lábaimban, úgyhogy a villamosmegállóba érkezve azonnal leültem egy padra. (Hiába igyekszem, ilyenkor nem tudok bölcs dolgokat írni, az élmény friss, az egóm pedig azt mondja, hogy mindez szörnyű volt.) Ha ekkor fölállok, olyan érzetem támad, mintha lábaim lecövekelnének, és nem vinnének semerre. A másik variáció a gyors rohanás, akkor nem érzem, hogy rögtön hanyatt esem, mert elveszteném az egyensúlyomat. Elment előttem három villamos, miután volt bátorságom föltápászkodni a padról. A negyedikre már fölszálltam, és rögtön gratuláltam is magamnak, hogy milyen zseniális vagyok. Az épületbe beérve ismételten folytatódott ez a rémálom, szerencsére a várakozóban álló székek üresek voltak, így le tudtam ülni. Már szabályos reszketés fogott el, és azon gondolkoztam, hogy ha öt percen belül nem szólítanak, azonnal kifordulok az ajtón, lesz, ami lesz. Persze közben rácsörögtem S. C.-re, aki mindig „észnél" van, és valami elképesztő módon azonnal tud olyat mondani, amitől könnyebb elviselni ezt az egészet. Hál' istennek nemsokára sorra is kerültem, s amikor már elintéztem az ügyemet, majd kifelé vettem az irányt, egy kicsit jobban lettem. Azonnal észbe kaptam, és mondogattam magamnak a biztató szövegeket, de közben a biztonság kedvéért fölvettem a rohanó stratégiát, így a nyúlcipőt.

Szóval, vannak időszakok, amikor enyhébb lefolyású, és fogjuk rá, elviselhetőbb a pánik, de ez most az erősek közé tartozott. Van úgy, hogy már annyira kínlódom, hogy az egész átfordul egy önróniába és kinevetem saját magamat.

Természetesen hazaérve egy nyugodtabb és csöndesebb órámban ismét magamba fordultam, s ahogy S. C. tanácsolta, szembenéztem a legújabban előbukkant félelmemmel.

Egy nyolc év körüli kínai, vagy legalábbis olyan mandulaszemű kislányként éltem. Vékony, egyenes szabású, rojtos szoknyát viseltem, felül vászon fehér blúzt és lábamon papucscipőt. A fejemen volt egy óriási, piros, kör alakú kalap. Éppen anyuval sétálgattam a piacra vásárolni, aki szintén hasonló öltözéket hordott. A piacon a föld óriási macskakövekkel volt kirakva. Mindenféle portékát árultak, főleg gabonaféléket. Mi valamilyen színes gyümölcsöt és rizst vettünk. A piactérről kiérve néhány lépcsőn lefelé mentünk, aztán teljesen sík, zöld területen ballagtunk hazafelé.

Már lehetett látni az egyszerű, út menti házakat – kis kerttel –, melyek téglából és természetes anyagokból épültek. Falaikat világosbarna színűre festették. Mikor hazaértünk, apu és a két kicsi iker fiútestvérem boldogan fogadott. Ők kétévesek lehettek. Bent a házunk közepén egy kemence ékeskedett szőnyeggel leterítve, a polcot pedig apróbb kerámiatárgyak díszítették. A konyha szép tágas volt. Az ablakból kipillantva a távolba, magas hegyeket lehetett látni. Volt egy nagyobb és egy kisebb szobánk is. Én az ikrekkel laktam egy szobában.

Az anyám főzött valami egyszerű ételt a rizsből, amit pálcikával jóízűen megettünk. Az apámmal aztán elmentünk sétálni egy folyóig. Sokat kellett gyalogolni, míg odáig értünk. Az ikreket is vitte, egyik gyereket a hátán, a másikat pedig a mellkasán, egy „csomagban”. A széles folyó csakúgy hömpölygött medrében. A szüleim sok mindent meg akartak velem ismertetni, így tanítottak. Itt egy alföld terült el, és mindent fű borított. Sötétedéskor elindultunk hazafelé. A következő képben azt láttam, mikor a lefekvéshez készülődtünk. Az ablakokat nyitva hagytuk estére, mivel meleg volt. A kaput, ajtót sem zártuk kulcsra, hiszen errefelé mindenki ismert mindenkit, nem féltünk attól, hogy valaki betörhet hozzánk.

Azonban miután elaludtam, olyan dolog történt, amitől hirtelen rettegés fogott el. Arra riadtam föl álmomból, hogy egy medve ordított be az ablakomon. A félelemtől annyira elkezdtem kiabálni, hogy fölébredtek az ikrek, s a szüleim azonnal beszaladtak. Ők is látták a medve fejét, és nagyon megijedtek. Majd az állat valamiért visszahúzódott és elosont az ablaktól, melyet az őseim azonnal becsuktak. Apu behajtotta a zsalut is. Úgy sem bírtam aludni, hogy anyu mellettem maradt, továbbra is egyfolytában reszkettem.

Másnap reggel az apám elvitt az iskolába. Kocsival mentünk, melyet két ökör húzott. Anyu eközben otthon maradt az öcséimmel.

Mindketten arra akartak tanítani, hogy bármi is történik, az élet megy tovább. Apu – aki a földeken dolgozott – továbbra is erősnek és optimistának mutatta magát előttem. Útközben keveset szólt hozzám.

Nemsokára megérkeztünk az iskolához és búcsút vettünk egymástól. Mivel tűzött a nap, így kint tanultunk a szabadban, egy hatalmas nyitott sátor alatt, nem a zárt épületben. Ez volt az iskola, mindössze két osztállyal. A tanárnő mindenféle kínai jelet írt egy táblára. Mi is írtunk, pontosan nem láttam mire, de tollal, melyet tintába mártogattunk.

Az iskola mögött egy erdő rajzolódott ki. A tanítás végén minden gyerek összepakolt és felállt. Közben a nő odament valamiért a sátor vége felé, ahonnan váratlanul hangos dörmögéssel előbukkant a hatalmas medve. Mindenki ledermedt. Iszonyatosan féltem, hiszen az esti élmény már belém égett. Úgy éreztem, hogy egyetlen lépést sem tudok megtenni, lábaim remegtek, rám tört a pánik. Szegény hölgy sem tudott semmit tenni. Szemben a medvével, nekünk háttal szólt hozzánk, hogy apró lépésekben induljunk el lassan hátrafelé. A medve viszont annyira bevadult, hogy ráugrott a tanárnőre, aki elkezdett kapálózni, és az állat teljes erőből letépte az egyik lábát. Aztán, mint aki jól végezte dolgát, eloldalgott. Mi, gyerekek, csak sírtunk. A nő még élt egy rövid ideig, azután meghalt.

Valahonnan érkezett egy felnőtt, aki betakarta őt egy vászonnal. Nekünk azt tanácsolta, hogy mivel a medve most már biztosan visszament a hegyekbe, igyekezzen mindenki hazafelé. Idővel odaért pár gyereknek a szülője szekereken, kocsikon. Elém is eljött apu, és szerencsére mindenki hazakerült épségben.

A pokoli szorongás miatt nem tudtam megnyugodni. Apu megint csak nyugalmat mutatott, fegyelmezett maradt. Otthon elmondtuk, mi történt. Anyu is nagyon aggódott.

Közeledett az este. Láttam, hogy az apám becsukja az összes ablakot, és a bejárati ajtó elé odatámasztotta a puskáját. Ez a puska már régóta megvolt neki, de még sohasem kellett használnia. Most a biztonság kedvéért készítette elő, mert mindenáron meg akart védeni bennünket.

Az ágyamban feküdve megpróbáltam aludni, de nem sikerült. Hallottam, hogy apu, miután meggyőződött róla, hogy mindenki alszik, kiment az ajtó elé és lesben állt a puskával. Jól érezte, mit kell tennie: a medve megint megjelent a házaknál. Amikor észrevette az egyik ház közelében, azonnal lőtt.

Én mindezt az ablakból láttam. Annak ellenére, hogy a medvétől nem volt már okunk tartani, a félelmem nem szűnt meg.

Tovább nem folytatódott az esemény. Azt, hogy mikor történt mindez, nem tudom, de az biztos, hogy erős borzongás fogott el, mikor újból fölidéztem ezeket a képsorokat.

A célból, hogy egy kicsit ismét föllélegezzünk, szeretnék valamire rávilágítani, ami a tulajdonképpeni oldás lényege. Ez egy nagyon egyszerű példa, most jutott az eszembe, de biztos vagyok benne, hogy sokan – esetleg te is – átéltek már ehhez hasonló élményt.

Tegyük föl, hogy a gyereked vagy a férjed, feleséged – lehet bárki a családból – megkér arra, hogy utazzatok el „X" helyre. Te pedig azonnal rávágod, hogy „bárhova, csak oda ne". Mi történik? A kérés kapcsán neked valami „beugrott", eszedbe jutott egy dolog arról a helyről. Valami nagyon kellemetlen élmény, ami talán még a gyerekkorodban történt veled. Azóta persze már lehet, hogy rég elfelejtettnek hitted, vagy egyszerűen csak nem foglalkoztál vele, hisz' nem volt különösebben okod rá. Pedig nap mint nap több ezer gondolat kavarog a fejünkben, megszámolni is sok volna. (Ezek többnyire vagy a múltban cikáznak, vagy a jövőért aggódsz, de ritkán „élsz" a jelenben. Így igencsak elmegyünk a saját életünk mellett, ha nem vagyunk benne abban, amit épp most, a jelenben teszünk.)

A lényeg az, hogy „bejött" egy emlék, amit te rossznak éltél meg. EMLÉKSZEL. A pszichológia gyakran használja az emlékezet témakörnél a rövid- és hosszútávú emlékezeti tárolókat. Biztosan vannak ilyenek, de ezek konkrét helyéről még nem olvastam. Azt viszont megállapíthatom, hogy a tudatalattid már erre a direkt kérésre „előszedte" neked azt a történetedet, amit valamikor réges-régen jó mélyen elfojtottál. Hiszen, ha ez most nem így lenne, nem kavart volna föl téged ennyire ez az élmény. Akkor valószínűleg nem volt kivel megosztanod a zaklató eseményeket, nem sírtál, vagy megmaradt a haragod, amit más, de lehet, hogy önmagad iránt éreztél. Szóval, amikor nem jött ki belőled azonnal a fájdalom, akkor „csináltál" magadban egy blokkot, ami az óta megmaradt.

Ebben az esetben az a legjobb megoldás, ha igenis összeszeded a bátorságodat és visszamész arra a helyre, ahol mindez történt. Nem áltatlak: újból át fogod élni az eseményeket, de akkor már megkönnyebbülsz azáltal, hogy eltávozik belőled a régi trauma, és megbocsátasz magadnak vagy egy másik személynek. Ez egy fölszabadulás. Nem megadod magad, hanem egyszerűen szabad leszel. Konkrétan ez az oldás, oldódás lényege.

Mindegy, hogy időben ezer évvel történt, vagy csak húsz éve, egy mélyebb, tágabb értelemben vett látásmódnál, szemléletnél az időnek semmi jelentősége.

És ha úgy érzed, hogy könnyebb lettél, köszönd ezt meg mindazoknak, akik ide el- és visszavezettek! Légy hálás nekik, hisz' ezen események sem véletlenül történtek veled!

Bevallom, hogy az írás közben én is átesek egy-egy katartikus élményen, hiszen mindezt örömmel és tiszta szívből teszem. A segítők pedig – főleg angyalok – folyamatosan körülöttem vannak, és szinte vezetnek abban, hogy mit írjak a következő sorokban, hiszen megkértem rá őket.

(Amíg mondanivalóm van, addig természetesen folytatom könyvem írását, egészen a záró gondolatokig.)

Most ismét föltárnék egy nagyon régen megélt eseményt. Egészen pontosan emlékeztem a dátumra: Kr.e. 33-ban történt. Az oldás napja pedig: **2010. június 30.**

Az Akropoliszt láttam teljes nagyságában. Előtte egy óriási piactér helyezkedett el, ahol kofák árulták portékáikat. Jómagam egy fekete hajú, hat év körüli fiú lehettem, térdig érő barna ruhában és saruban. Volt három nagyobb testvérem is, két fiú és egy lány.

Az anyám elküldött a piacra gyümölcsökért, kenyérért és gabonafélékért. A pénzt, amit adott, a kosaramba raktam. Sajnos nem vettem meg, amit kért, hanem összelopkodtam innen-onnan az árusoktól, amikor nem figyeltek oda. Ha több élelmiszert sikerült lopnom, mint amit haza kellett vinni, azt közben megettem.

Láttam, hogy egy testesebb hölgy levette az arany nyakláncát a nyakából, mert biztosan zavarta, és bedobta a garabolyába. Olyan ügyes voltam, hogy azt is észrevétlenül elloptam. Hazafelé menet a pénz egy részét és a láncot betettem a nyakamban lógó kis „tarisznyámba", a maradékot pedig visszaraktam a kosárba.

A házunk nagyon szép volt. Fehér kőből épült, belül márványpadlóval. Úgy véltem, nem voltunk szegények, ennek ellenére anyu segítség nélkül vezette a háztartást.

A tűzhely oldalát is fehér márványból rakták ki, melyből fölfelé egy kémény vezetett át a tetőn. A ház közepén négy kőből készült oszlopfő állt, ez körbefogott egy kis fürdőt. Volt még pár szoba is az épületben, azokat nem láttam ilyen kristálytisztán.

Az anyám – aki éppen főzött –, hosszú, fekete haját, kontyban összetűzve viselte. Örült, hogy ilyen szépen bevásároltam egyedül. Erre már kezdett egy kicsit furdalni a lelkiismeret.

Másnap ismét el kellett mennem a piacra, de vittem magammal a láncot is, hogy eladjam.

Ez sikerült is. Megvizsgálgatta egy szakállas ékszerárus férfi, s rögtön a kezembe nyomott érte egy csomó pénzt. Nagyon örültem neki, és miután még „megvettem", amit kellett – ugyanúgy, mint az előző napon –, hazaballagtam. Otthon megint dicséretet kaptam, amitől már egyre rosszabbul éreztem magam, a fejem is megfájdult.

Az összegyűjtött pénzt ennek ellenére azonnal eldugtam a szobámban egy ládikába.

Apuról tudni kell, hogy a szenátus tagja volt, segített a törvényhozásban. Azt láttam, hogy egy nyitott épületben, több férfival körben ült egy kövezeten, és így együtt, elmélyülten tanácskoztak valamiről.

Közben néhány asszony időnként berohangált a terembe, akik arról panaszkodtak, hogy gyakran hiányzik portékájukból, mintha mindig eltűnne valami, és kevés a bevétel. A parlament erre megszavazott egy olyan törvényt, hogy ha egy felnőttet rajtakapnak lopáson, vagy később derül ki, hogy lop, akkor annak nyilvánosan levágják az ujjait. Ha pedig egy gyerek az illető, akkor ugyanígy a tömeg előtt kap a fenekére száz botütést. Nem sokkal ezután a nép előtt a piactéren is kihirdették ezt az ítélkezést, majd mindenki ment a maga dolgára.

Én ez idő alatt otthon voltam, és az udvaron játszottam valamiféle ugrálós játékot a testvéreimmel.

Közben a hölgy, akitől elloptam a láncot, összetalálkozott az ékszerárussal, és elpanaszolta, hogy mi történt vele. A férfi visszaemlékezett arra, hogy egy gyerek eladott neki egy láncot, aztán később az arcomra is emlékezett, így azonnal elárulta a nőnek a személyleírásomat. A lánc még megvolt. Amikor megmutatta az asszonynak, ő nyomban fölismerte, hogy az a sajátja, és az ember – becsületessége révén – visszaadta neki az ékszert. A hölgy pedig, mivel sejtette, hogy ki vagyok, elindult a házak felé, hogy megkeressen. Hamar rám talált. Közben már otthon volt apu is. A szüleim nagyon elszomorodtak, mikor a nő szembesített a lopással. El tudtam volna sülylyedni szégyenemben. Pánikba estem, mert rögtön tudtam, hogy a kegyetlen büntetést nem kerülhetem el. A törvény rám is vonatkozik. Ki is kísértek a piactérre, ahol már ott várt a tömeg. Miután kezemet, lábamat összekötötték, le kellett térdelnem egy kődarabra. Fölhúzták a ruhámat, kisgatyámat letolták, és egy erős férfi egy nagy pálcával százat ütött a fenekemre. Nagyon fájt az ütés, de a szégyen még inkább. Hiszen így nemcsak magamra, hanem az apámra is rossz fényt vetítettem. Apu természetesen minden károsultat kifizetett. Aztán otthon bekövetkezett a gyors számonkérés. Miért tettem mindezt? Eléggé nehezemre esett beszélni, de végül is kinyögtem, hogy én csak egy kismalacot akartam venni magamnak, arra kellett volna a pénz.

Ez minden, amire emlékszem.

Jó lett volna, ha azt is látom, hogy végül is lett-e malacom, vagy sem, de a tanulság ebből az egész történetből talán sokkal mélyebb ennél a vágynál. Úgy éreztem, sikerült magamnak megbocsátanom, föllélegeztem, és leesett rólam ez a teher is.

Az ezt követő történet is valamilyen formában a pénzzel van kapcsolatban. Nem találok semmi meglepőt abban, hogy mostanában ezek az események „törnek elő" a tudatalattimból, hiszen anyagi helyzetem jelenleg közelebb áll a csődhöz, mint a gazdagság érzéséhez. Már tudom, hogy ez sem véletlen. A migrénes fejfájások okai is ide vezetődhetnek vissza.

Szóval másnap ismét S. C. „vezetett" vissza az emlékezésben, természetesen az anyagi gondjaimmal kapcsolatosan. Sajnos ez is képes a jelenben pánikrohamokat kiváltani bennem.

Vezetőm először is abban segített, hogy csakráimat kitisztítsam, és a kundalíni energiát fölfelé áramoltassam testemben. Aztán eljutottam érzésben egészen a Mindenhatóig. Akkor már az ő közelsége, védelme segített abban, hogy meglássam, honnan erednek ezek a problémák. Nagyon nyugodt, boldog, idilli állapotban volt részem. Ebben a lebegő érzésben az egóm teljesen eltűnt.

Egy királyt láttam, hatalmas, bordó palástban, akinek a hadserege talpig piros színű egyenruhában feszített. Közülük pár embert magához hívatott, és bemutatott nekik egy térképet. Azt adta a tudtukra, hogyan támadjanak, illetve védekezzenek az ellenséggel szemben, mely rövidesen meg is érkezett. Törökök voltak, állig fölfegyverkezve. A két fél gyorsan összecsapott egymással szemtől szemben. A hadszíntér hamarosan tele lett halottakkal, mindenütt levágott fejeket vagy sebesülteket láttam. Az életben maradt törökök gyorsan elmenekültek a helyszínről.

A király, miután meggyőződött róla, hogy vége a veszélynek, kilovagolt a csata helyszínére, és csak annyit mondott az élőknek, hogy dobják a halottakat a folyóba. Aztán hazalovagolt a várba, és elmondta a történteket a feleségének, aki erre nem szólt semmit.

Én ott álltam mellettük, és kilenc éves fiú létemre teljesen ledöbbentem. Szomorú lettem az apám szavai hallatán – rájöhettél, hogy ő volt a király –, és nem értettem, hogy ha már ilyen gazdag, miért nem tudja eltemetni legalább a saját embereit tisztességesen. Arra gondoltam, ha talán nem lenne ennyi pénze, biztosan jobban érdekelné az emberek sorsa. És az anyám vajon erre miért nem szólt semmit? Megállapítottam magamban, hogy a vagyon csak a hatalom eszköze, és szükséges rossznak tartottam.

Ezért azt tettem, hogy bementem a szobámba és levetettem a díszes ruháimat. Az egyik férfi szolgától kölcsönkértem az ő ruháját, és úgy döntöttem, hogy kimegyek a néphez. Elmentem a piacra, vittem magammal egy kosarat, és amiket vásároltam, azoknak mindig a dupláját fizettem. Az emberek pedig csak hálálkodtak. Amikor már elég sok mindent vettem, leültem egy kőre, és gondolkodtam. Arra az elhatározásra jutottam, hogy ha a pénz ilyen szívtelenné és haszonlesővé teszi az apámat, akkor én nem akarok többé gazdag lenni. Ezzel a kijelentéssel meg is kötöttem magammal a szegénységi fogadalmat.

Majd odajött hozzám egy koldus, aki úgy vélte, én is szegény vagyok, és megkínált vízzel meg kenyérrel. Hálás voltam, s megköszöntem figyelmességét, de azt feleltem, tartsa meg, mert neki biztosan nagyobb szüksége van rá, mint nekem.

Ez a cselekmény eddig tartott, de a szegénységi fogadalmamat, amit régen kötöttem, most föloldottuk ezzel a mondattal:

„Most föloldok minden előző életemben tett szegénységi fogadalmat, melyet a szüleim programoztak belém." Ezt a megerősítést hangosan mondogattam, mindaddig, míg meg nem könnyebbültem. Láttam magam előtt, hogy a pénz, ha ragyog, áramlik, akkor az nem lehet egy rossz dolog. Ha szeretjük, és szívből adunk belőle, akkor magunkon kívül másnak is jut, ami újból visszajön hozzánk, és az áramlás során megsokszorozódik. Fordítsuk mindig jó és igaz célra!

Aztán a fülembe csengett még egy mondat a körülöttem lévő segítőimtől, amit reggelente mindig elmondok, és ha úgy adódik, napjában többször is: „Szeretem a pénzt, és mágnesként vonzom magamhoz."

Hálával és köszönettel tértem vissza a jelenbe.

A stabilitás hiányát igencsak érzem jelen napjaimban – gondolom, ez a magyarázata annak, hogy ismét egy olyan eseményt „hozott" föl a tudatalattim, mely erről az állapotról szólt. *Július 3*-át írtunk, és íme a kép, amit láttam:

Egy csodálatos sziget tárult elém, rajta magas fákkal, apróbb állatokkal, majmokkal, madarakkal. Meleg volt. Láttam még egy bennszülött népet is, akik a part közelében laktak, és alig nyolcvanan lehettek. Oda építették a nádból és fatörzsekből készült kunyhóikat. Én is közéjük tartoztam.

A fekete bőrszínű embereket csak alulról takarta el valami. Néhány nő nyakában növények lógtak, a férfiakat pedig csontokból, kagylókból készült nyakláncok ékesítették. Volt, aki kifestette az arcát is. Mindenki készülődött egy nagy eseményre.

Jómagam egy fiatal lányként éltem, és közelgett az esküvőm. Egy gyerekkori pajtásomhoz készültem hozzámenni. Népünk legidősebb asszonya szépen földíszített virágokkal, a hajamba is került néhány. A vőlegényem nyakába is virágokból készült nyakláncot akasztott.

Páran elkezdtek dobolni, aztán mindenki táncra perdült. Lassan mi is kimerészkedtünk a kunyhóból a helyszínre. Egy öregember adott össze bennünket. Az esküvő gyorsan lezajlott. Elmormolt maga elé néhány igét, aztán áldást szórt ránk. Egy kis edényből vízzel lespriccelt mindkettőnket. Ennyi volt a szertartás, majd folytatódott a kör-

*tánc. Egész nap tartott a mulatság. Este aztán bementem a férjem-
mel a kunyhóba, és sor került az első együttlétünkre.*

*A kunyhóban egy ágy és néhány ládikó volt mindössze. Ebbe gyűj-
töttük össze azokat az apróbb tárgyakat, ajándékokat, melyeket az
esküvőnkre kaptunk. Több dologra nem is volt szükségünk. Nagyon
nagy szeretetet kaptam a férjemtől és a többiektől is.*

*Másnap elindultunk horgászni. A parttól nem messzire eveztünk
a csónakkal, ahol halakat fogtunk változatos szúróeszközökkel. Ren-
geteg akadt a „horgunkra". Majd gyorsan tüzet raktunk, és megsü-
töttük azokat. Észrevettem, hogy a társam a víz felé indult ismét,
de megállt a parton egy szigonnyal a kezében. Feltűnt neki, hogy za-
varos a víz, de nem tudta, hogy vajon mitől. Hirtelen előbukkant a
semmiből egy krokodil, s ő reflexszerűen azonnal leszúrta. Miután
a teste megszáradt, fölboncolta, lenyúzta, és a bőréből mindenféle
szép dolgot, különféle eszközöket készített. Biztonságban és védve
éreztem magam mellette. Minden napunk békében telt egészen ad-
dig, míg fel nem tűnt a láthatáron egy hajó. Szinte az egész kis né-
pünk azonnal a parton termett.*

*A hajóból kiszállt egy előkelő férfi, talpig bársony öltözékben. Vele
volt még néhány segítője is, állig fölfegyverkezve. Mindannyian na-
gyon féltünk, mert nem tudtuk, mit akarhatnak tőlünk. Csak keve-
set szóltak, de nem is értettük a beszédüket. Azonnal kiválasztot-
tak a népünkből csaknem tíz fiatal férfit, köztük az én férjemet is,
és erőszakkal betuszkolták őket a hajóba. Ebben a pillanatban úgy
éreztem, mintha összedőlt volna minden. Féltem az egyedülléttől, és
semmit nem értettem. Teljes bizonytalanságot éreztem. Lábaim re-
megtek, szédültem, megfájdult a fejem. Egyáltalán nem találtam a
helyem. Minden üres volt nélküle.*

*A napok aztán elkezdtek telni. Próbáltam úgy élni, mint előtte,
és próbáltam elfelejteni a társamat.*

*Aztán ki tudja, hogy mennyi idő telt el mindezek után, ismét
megjelent az a hajó, mely elvitte a férfiakat. Kiszállt belőle két em-
ber, és odahordtak elébünk három halottat a mi férfiaink közül. Az
egyikőjük a férjem volt.*

*Mikor megláttam holtan, ismét feltörtek belőlem a régi érzések.
Hordágyra fektettük, majd elvittük egy istenség szobrához őket,*

ahol a többi férfi megásta a sírjukat, majd belehelyezte a tetemeket. A legidősebb házaspár megszórta testüket néhány gyógynövénnyel, áldást adtak nekik, majd rájuk került a föld. Én a férjem sírjára tettem néhány követ, és ráraktam még kedvenc nyakláncát, amin egy kürt alakú kagylóból készült medál lógott. Ezután körbeálltuk a sírokat, megfogtuk egymás kezét, énekeltünk és táncoltunk. Úgy éreztem, hogy ezzel a szertartással sikerült elengednem őt, de a biztonság, mit mellette átéltem, nagyon hiányzott.

Ez minden, mi megmaradt ebből az időből, de pontosan nem láttam, mikor is történhetett mindez.

A következő történetem – melyre másnap emlékeztem viszsza – is felszínre hozott egy nagy adag feszültséget. A magam részéről tömény borzalomnak éltem meg akkor, meg most is, mikor ismét végigmentem rajta. Te persze próbáld meg ismételten nem beleélni magad, amennyire ez lehetséges.

Íme, az esemény:

Rómát láttam, benne a Colosseumot. Egy uralkodópárt vittek gyaloghintón rabszolgák szórakozni az arénába. A hölgy hosszú, bordó ruhában tündökölt aranyszegélyes díszítéssel, haja fekete volt, kontyban föltűzve, a nyakán ékszerek. A párja térdig érő, zöld színű ruhát hordott, sok dísszel, a hátán fehér, féloldalas palásttal. A lábán fűzős cipő ékeskedett.

Az épülethez érve elsőként foglaltak helyet a páholyban, aztán követte őket a nemesebb réteg, és végül a nép. Óriási tömeg tódult be, szinte pillanatok alatt megtelt az aréna.

Jómagam egy tizenhat év körüli lány lehettem. A szüleimmel és az alig hároméves öcsémmel mentünk szórakozni. Nekem hosszú, sötétbarna hajam volt, és ujjatlan, egyenes szabású ruhát viseltem. Anyut nagyon szépnek – koromfekete, hullámos hajúnak – láttam. Az apám térdig érő, kék vászonruhát viselt. Az öcsémre nem emlékeztem tisztán, csak azt érzékeltem, hogy neki még korából adódóan fogalma sem volt arról, mi ez a fölhajtás. Valahol középtájon foglaltunk helyet a nézőtéren. Még mindenki csöndben figyelt, várt a jelre, hogy elkezdődjön a műsor. Az uralkodópár mellett felállt egy jómódú ember, felfelé kilőtt egy tüzes nyilat, és ekkor kezdődött el a műsor. Először két gladiátor jött ki egymással szemben. Valamikor rabszolgák lehettek, fekete bőrszínükből ítélve. Odafordultak az uralkodók elé, meghajoltak előttük, aztán elkezdték a harcot. Fejükön, testükön viseltek némi védőöltözéket. Kezükben buzogányt és szúrófegyvert markolásztak.

Tulajdonképpen ebben a pillanatban fogtam föl, hogy mire is jöttem. Az egyik férfi teljes erejéből elindult a másik felé, és mire az észbe kapott volna, szinte azonnal átszúrta annak mellkasát egy szigonynyal. A látvány iszonyatos volt. A közönség tombolt, sikított, éljenezte a győztest, aki fölemelt kézzel járt körbe-körbe, majd távozott.

A leszúrt rabszolgát megfogta két erős ember, és úgy húzta ki a porondról, mintha nem is ember lett volna.

A sok borzalom miatt azonnal haza akartam menni. Az apám azonban hajthatatlan volt, és azt mondta, hogy még megnézünk egy pár összecsapást. A következő két harcos lóháton érkezett. Rajtuk már több és erősebb volt a páncélzat, a lovak fejét is védték. Sokáig vágtattak körkörösen, nem nagyon tudtak egymás közelébe férkőzni. A küzdelem óriási erővel indult. Az egyikőjük elhajított egy hoszszú lasszót a másik irányába, melynek a végén lévő buzogány szinte azonnal rátekeredett vetélytársa nyakára, és lerántotta a lóról. Semmi kétség, a férfi megfulladt. A győztes ismét ünnepeltette magát, a vesztest pedig gyorsan kivonszolták.

Már minden bajom volt a látványtól. Fájt a fejem, szédültem, de apu rám szólt, hogy még egy csatát bírjak ki, aztán megyünk. Úgy láttam, hogy egy kicsit anyut is fölkavarták az események, bár próbálta titkolni. Az öcsémnek pedig – mintha kőből lett volna – a szeme sem rebbent. A következő „műsorszámban" az egyik oldalon egy gladiátor jelent meg állig felfegyverkezve, vele szemben pedig egy oroszlán. A feszültséget vágni lehetett, a nézőtéren síri csend volt. Ők ketten farkasszemet néztek egymással.

Nekem pedig már majd' kiugrott a szívem a félelemtől. Az oroszlán ki lehetett éheztetve, mert csontsovány volt. Nagy ordítással jelezte, hogy képes fölvenni a csatát a férfival szemben. Aztán egyszer csak elkezdett rohanni ellensége felé, és rá akart ugrani, mikor a gladiátor „röptében" az állat hasába szúrta a dárdát. A fiatalem-

bert azonnal a nap hősének tekintették. Egy-két bátor ember mit sem törődve a védőhálóval átmászott azon, és beszaladt hozzá, majd a magasba emelte.

Az egészből elegem lett, és mivel már a hányinger is kerülgetett, azonnal fölálltam. Az apám betartotta a szavát, és intett, hogy mehetünk. A házunkhoz hamar odaértünk. Szép, fehérre festett otthon volt. A berendezésére nem emlékeztem tisztán.

A következő képen már az esti fények villantak be. Sokat forgolódtam az ágyamban, mert rémálmokat láttam. A napi események ott is megismétlődtek. Reggel teljesen fáradtan és kimerülten ébredtem. Az őseim megengedték, hogy elsétáljak egy kicsit a folyóig, kiszellőztetni a fejem. Nem is gondolták, hogy ennyire megviselt a látvány. A vízparti levegő viszont nagyon jót tett.

Nem sokkal ezután, amikor hazaértem, az apám azt javasolta, hogy nézzük meg, mi történik a főtéren. Azt hallotta, hogy valami nagy esemény készülődik.

Én egyből a legszörnyűbbre gondoltam, de mentem velük, titokban azt remélve, hogy nincs igazam. Sajnos helytálló volt a megérzésem. A téren nagy volt a tömeg. Középen egy rabszolga térdepelt, aki az előző napon nem akart részt venni a viadalban, ezért azt a büntetést kapta, hogy mindenki előtt lefejezik. A fejét gyorsan le is csapták egy baltával, s a vére mindenhová szétspriccelt. Ezután a tömeg oszlani kezdett. Úgy éreztem, menten elájulok, a feszültség annyira tombolt bennem.

Hazaérve lefeküdtem az ágyamba, de nem tudtam lecsillapodni. Az jutott eszembe, hogy a többiek vajon hogyan tudták mindezt a borzalmas látványt földolgozni. Természetesen választ nem kaptam rá.

Július 7-e volt az a nap, mikor ismételten „belepillantottam" egy előző életembe. Reggel nagy szorongással ébredtem, aztán pedig még elviselhetetlenebb órák következtek. Ráadásul a nap sem igazán akart sütni, mintha az is ellenem esküdött volna, hogy a lehető legrosszabbul érezzem magam a bőrömben. Valamiféle óriási egyedüllétet éltem meg. Persze a képsorok, melyeket láttam, erre a közérzetemre is megadták a magyarázatot.

Hideg, téli napon történt minden. Hintóval utaztam egy kietlen föld-dúton a szüleimmel és egy szolgával. Nemesi családból származtunk. Jómagam egy tizennyolc év körüli lány voltam, nagyon szép hosszú, fodros ruhában, melyen bundát viseltem. A szüleim is előkelő öltözékben voltak. Kint már sötétedett, a hó is esett, és alig lehetett tisztán látni valamit. Nem tudom, hol jártunk. A hintó kereke egyszer csak elakadt egy göröngyben, ezért ki kellett szállnunk. Kezdtem ideges lenni, mivel fáztam, és nagyon vártam már, hogy végre hazaérjünk. Szerencsére a szolga és az apám valahogy „kiszabadították" a hintót, így rövid időn belül tovább tudtunk hajtani. Nemsokára hazaértünk. Egy gyönyörű szép kastélyban laktunk, tele szebbnél szebb szobákkal. Én azonnal fölszaladtam az enyémbe, megtisztálkodtam, és rögtön ágyba is bújtam. Nagyon sokat aludtam. Már késő délelőtt volt, mikor sikítozásra ébredtem. Anyu kiabált, mert holtan találta aput a konyhában. Valamit ivott, és aztán nem sokkal utána meghalt. Megmérgezték. Iszonyatos volt a látvány. Mindketten sírtunk, nem tudtuk, hogyan és miért történhetett mindez. Az anyám eszeveszetten rohangált föl-alá, kereste a felelőst, de amikor előállította a személyzetet, mindenki csak tagadott. A kastélyban még laktak rokonaink, őket is hidegzuhanyként érte a tragédia, legalábbis azt mutatták.

A tettes kilétére nem derült fény. Aput gyorsan eltemettük egy családi kriptába, majd úgy döntöttünk, hogy nem maradunk ott tovább, mert nehezen viseltük azt, hogy sok minden rá emlékeztetett. Az is eszünkbe jutott, hogy esetleg mi is veszélyben vagyunk.

Amit csak tudtunk, összecsomagoltunk, hintóba ültünk, és elmentünk a nagymamámékhoz, akik az anyám szülei voltak. Ők örömmel befogadtak bennünket, hisz' tudták, hogy bajban vagyunk.

Néhány nap békességben, szépen telt el. Az idő is tavasziasra fordult. Engem gyakran látogatott egy férfi, és úgy tűnt, hogy komolyak a szándékai. Megszerettük egymást.

Aztán bekövetkezett az újabb tragédia: anyu súlyos beteg lett. Nem tudtuk, mit kapott el, de magas lehetett a láza, mert tűzforró volt, és nagyon sápadt. Hamarosan ő is meghalt. Ezután ismét magamba fordultam. Az ő temetését alig bírtam elviselni. Hiába laktam a nagyszüleimmel, mégis egyedül éreztem magam. Nem találtam a

helyem, sokáig feketében jártam, és nem akartam senkivel kapcso-
latba kerülni.

Aztán egyik nap meglátogatott az a férfi, akit korábban megsze-
rettem. Óvatos volt velem, nemigen mert ismét közeledni hozzám,
mert félt a visszautasítástól. Pedig nem kellett volna félnie, hiszen
boldogan fogadtam, mikor megláttam az ajtóban. Annyira, hogy már
nem éreztem magam olyan magányosnak.

Megtörtént az, amire vágytam: feleségül kért. Az esküvőn elég
kevesen vettek részt. Nekem már csak a nagyszüleim maradtak, neki
élt még egy-két közeli rokona, akiket meghívhattunk.

Az ő házába költöztünk be, mely szerényebb volt, mint amihez
hozzászoktam, de a lényeg, hogy boldogságban, szeretetben éltünk.
Mindezt a békességet tetőzte egy örömhír is: terhes lettem.

A szép napokat újra nehéz időszakok követték. A férjemnek há-
borúba kellett mennie, mivel katona volt. Egyenruhába öltözött, és
fájdalmas búcsút vettünk egymástól. Napok, hetek teltek el az elvá-
lás óta, majd egyszer csak jött a hír: a párom meghalt a csatában.

Azt hittem, ez a tragédia volt az utolsó csepp a pohárban, és mind-
ezt már képtelen vagyok elviselni. Minden a nyakamba szakadt. Nem
beszéltem senkivel, magamba fordultam. Az utcára sem igen mentem
ki, mert akkor szédelegtem. Az orvos néha eljött hozzám, hogy meg-
nézze, jól vagyok-e, de egyébként nem volt kedvem senkihez. Csak a
gyermek miatt próbáltam tartani magamat.

Később aztán lett egy hölgy segítőm a házban, hiszen így, hogy
végképp egyedül maradtam, muszáj volt valakiben támaszt találnom.

Kilenc hónap múlva egészséges kislányom született, de a tragé-
diákat azóta sem tudtam feldolgozni.

Az eseményeket eddig láttam. A többi történésre nem emlék-
szem. Ilyenkor azonban, mikor ennyire fölkavaró a múltam, ti-
tokban mindig abban reménykedem, hogy talán a folytatásban
már kellemesebb dolgokat éltem át, melyek az oldás szempont-
jából lényegtelenek.

Talán majd egyszer megkérem az „adatkezelőmet", hogy leg-
közelebb a szép dolgokat is mutassa meg nekem.

E legutóbbi visszaemlékezés után úgy érzem, hogy ennyi nehéz történet bőven elég lesz egy könyvben. Magamon azt tapasztaltam, hogy az írás során is egyre sűrűbben jöttek fel a tudatalattimból a régi emlékek. Most szeretnék szünetet tartani, abban a reményben, hogy így a szervezetem is tud egy kicsit regenerálódni. Az is eszembe jutott, hogy talán olvasni sem lehetett olyan könnyű mindezt.

Természetesen személyes közérzetem még nem a régi, ami abból fakad, hogy maradt még néhány szorongással teli előző életem. Ezeket a kellemetlen élményeket mind föl kell oldanom, hogy megszabaduljak az összes negatív hatásuktól. És talán egy következő könyvemben folytatom a történeteket, ha lesznek még újabbak.

Azt hiszem, most elérkeztünk a búcsú pillanatához. Van azonban még a tarsolyomban néhány gondolat, amit az utolsó fejezetben szeretnék veled megosztani.

Befejező gondolatok

Sokat törtem a fejem, hogy milyen tanácsokkal tudnék még neked szolgálni, kedves olvasóm, így a könyvem vége felé.

Először is, hogy véletlenül se maradj kétségek között – példáimból okulva – afelől, hogy ha gondban vagy, kihez is fordulj, kitől tudsz valódi, esetleg konkrét segítséget kapni. Ha megbetegszel, és bízol az orvosodban, akkor nyugodtan keresd fel őt. Az eddig leírtak ellenére az orvosok között is vannak olyanok, akik nagyon jó szakemberek a saját területükön – az már egy másik dolog, hogy a holisztikusan értelmezett gyógyítást nem ismerik, vagy nem akarják elfogadni. Ha gyógyszert kell szedned, és hiszed, hogy az jó neked, semmiképp sem mondanám, hogy dobd el. Néha én is felíratok orvosságot, ha már úgy érzem, hogy nagyon nem bírom, vagy elmegyek szűrővizsgálatra, vérvételre.

De sose feledd el: ha megvan a baj, az már valaminek a végkifejlete, és a kezelések vagy gyógyszerek mind-mind csak a tüneteket enyhítik, a valódi ok akkor is ottmarad! Hiszen minden betegség, a legenyhébbtől a legsúlyosabbig, a „lélek sikítása"! A te lelkedé.

Ha igazán fontos vagy saját magadnak – hangsúlyozom: saját magadnak –, akkor kérdezz rá: „miért történik ez velem, honnan jön ez a betegség, vagy rossz közérzet, talán haragszom valakire?" Hidd el, képes vagy magadat tökéletesen rendbe hozni. Ha mindehhez egy egész élet kell esetleg, akkor is. Hallgasd meg az orvost, mert ő is a saját tudása szerint beszél hozzád, de nem kell mindent készpénznek venned, amit mond! Egyrészt, mert ő is emberből van, másrészt pedig azért, mert aki a legjobban és igazán ismer téged, az te, saját magad vagy. Ha engem manapság megpróbál valaki bántani, akkor mindig megkérdezem magamtól: „Ismer ő engem? Valóban tudja, hogy ki is vagyok és min megyek keresztül? Ha nem, akkor mit osztja itt azt észt?!"

Ugye, milyen egyszerű? Persze, mint mindent, ezt is gyakorolni kell.

Olyan embereket szinte mindenütt lehet találni, akik rögtön tudják, hogy mit tennének, ha a helyedben lennének. Ismerős? Szinte azonnal kioktatnak, felelősségre vonnak, bírálnak, esetleg komolyan ártani akarnak neked. Olyan, magukat segítőknek tartó emberekkel, „gyógyítókkal" is számtalanszor találkoztam már, akik a „jéghegy csúcsánál" kezdték az okítást: „A problémáidat magadnak kell megoldanod, ebben nem tudok segíteni." Ez is egy olyan mondat, amitől a falra tudnék mászni, ha tehetném. (Természetesen azok a segítők, akik könyvemet olvassák, mind kivételek.) Az teljesen biztos, hogy nem oldhatjuk meg mások helyett a feladatokat.

De vajon az ilyen emberek miért nem vezetik rá, vagy esetleg tanítják meg a tanácsot kérőnek azt, hogy hogyan is lépjen ki a krízisből, ha már egyszer belesétált??

Az is megtörténhet veled, hogy rengeteg, az enyémhez hasonló spirituális élményed van, csak éppen nem tudod kivel megosztani, mert ha elmondod valakinek, az vagy csodabogárnak, vagy nem normálisnak, vagy egyszerűen csak egy külön, megközelíthetetlen világnak tart. Ha nem vagy egy stabil állapotban, lehetőleg kerüld el ezeket az embereket, mert mindent megtesznek azért, hogy elbizonytalanítsanak, lenyomjanak! Belőlük csak az egójuk, saját tanácstalanságuk, vagy éppen a tudatlanságuk beszél. Ők még nem indultak el abban a fejlődésben, amelyben te már igen. Ne haragudj rájuk, hanem tudd, hogy ilyen is van!

Jómagam az eddig átélt események ellenére még mindig nem érzem úgy, hogy ha valaki személyesen hozzám fordulna valamilyen konkrét tanácsért – mert élete során valahol elakadt –, biztosan tudnék neki megnyugtató segítséget, útmutatást adni. Néhány tapasztalatot viszont, így vagy úgy, de átadtam az írásom során. Remélem. Azonban megint csak hangsúlyozom, hogy ez mind az én személyes meggyőződésemet, igazságomat tükrözi. És ha ezzel az eddig megszerzett tudásommal mégis tudtam segíteni neked és még néhány olvasónak, akkor már megérte, elértem a célomat. Hiszen amikor elkezdtem írni ezt a könyvet, nem a siker vagy az esetleges hírnév motivált. (Talán ezzel az írással végre én is elindultam azon az úton, ami valóban a feladatom ebben az életben, és mindehhez nekem is kellett valakinek a konkrét segítsége. Köszönöm neki.)

Lehet, hogy egyszer majd eljön annak is az ideje, hogy személyesen fogadom az arra igényt tartókat, de először még magamat szeretném a tökéletesség állapotában látni. Mit mondjak, ezen vagyok. Egy segítőnek tanítónak is kell lennie. Én még valószínűleg tanuló vagyok, de talán már haladónak mondhatom magam.

Arra a kérdésre a választ, hogy hogyan is találod meg azt az embert, aki téged vezet, segít az utadon, ismét Szvámi Ráma írásából idézném:

„Ha a tanítvány felkészült, megjelenik a mester". Ha még nem készültél fel, lehet, hogy megjelenik, de te nem ismered fel, vagy nem reagálsz rá. Ha nem tudod, milyen egy gyémánt, a gyémánt ott lehet az orrod előtt, de te tudomást sem veszel róla és elmész mellette, csak egy darab üvegnek tartod. Továbbá, ha nem ismered a kettő közti különbséget, lehet, hogy egy darab üveget találsz, és azt gondolván, hogy gyémánt, egész életedben nagy becsben tartod.

És most engedd meg, hogy búcsúzóul is saját, régebben íródott versemet idézzem!

Egy folyamat

A világ változik.
A gondolat áramlik, s olykor változik.
Más lesz, mint gyermekkorban,
S más, mint éppen a jó
Vagy rossz hangulatban.

Komoly, felelősségteljes lesz napunk attól,
Ahogyan gondolkodunk.
Vigyáznunk kell rá,
Nehogy eltévelyegjen,
Mint a gyarló rabló,
Ki nem tudott kifutni
A bölcs fáraó nyughelyének ajtaján,
Pedig azt hitte: ott a Kánaán.

Gondolatunk hegyeket mozdít
S teremt.
Álló tengereket bolydít,
Lavinákat gördít, sodor.
Szerelmet, szenvedélyt, s életet visz
Sivár hétköznapokba
És ódon, koszos, lepusztult hálókba.
Vigyázni kell rá nagyon,
Vigyázni kell arra,
Hová irányuljon.
Pozitívan, bölcsen, s éberen
Mindig előre,
Hiszen ettől indul meg,
A világ itt-ott
Beragadt kereke.

A gyermek is felnő,
Aztán „ember" lesz belőle.
Van, ki olyan lesz, mint a fű:
Nő, s ha nem gondozzák,
Csak gyommá válik tőle.

Van, ki gyermekként is már bölcs,
S van, ki csak aztán lesz érett,
Kit az öreg bölcs segített.
Ha velünk szemben jön,
Csak jó történhet,
Fogja kezünket, s vezet minket.

Ismerd föl a bölcset!
Tanulj tőle annyit, amennyit csak lehet!
Nem számít az, hogy 15, vagy 50 éves vagy,
Csak egyet tehetsz:
Figyelsz és hallgatsz!

Érettnek csak akkor mondhatod magad,
Ha tudod azt,
Hogy öregként sem csak és kizárólag
Tanító,
Hanem tanuló is lehetsz,
Vésd a fejedbe ezt!

(Szeged, 2004.12.30.)

Források, irodalmak

- Paramahansza Jogananda: Egy jógi önéletrajza

- Szvámi Ráma: Élet a Himalája Mestereivel

- Louise L. Hay: Éld az életed

- Dr. George Feuerstein: Tantra – Az eksztázis ösvénye

A szerző

Dorothy Reeves 1971.10.22-én született Szegeden.
1990-ben érettségizett a szegedi Széchenyi István
Gimnázium és Szakközépiskolában, majd útja Szarvasra
vezetett, a Brunszvik Teréz Óvóképző Főiskolára, ahol
óvodapedagógusi képzettséget szerzett. Ezt követően
több szakmába, munkába belekóstolt, mielőtt ez a
könyv megszületett volna. Élettársi kapcsolatban
él, egy felnőtt fia van. Kedvenc időtöltése a jóga, a
meditálás, olvasás és rajzolás. Különleges adottságának
a teremtő erőt érzi, és azt, hogy megérzései rendszerint
megvalósulnak.

Aki feladja,
hogy jobbá váljon,
feladta,
hogy jobb legyen!

E mottó alapján a novum publishing kiadó célja az
új kéziratok felkutatása, megjelentetése, és szerzőik
hosszútávú segítése. Az 1997-ben alapított, többszörösen
kitüntetett kiadó az egyik legjelentősebb, újdonsült
szerzőkre specializálódott kiadónak számít többek között
Ausztriában, Németországban és Svájcban.

**Valamennyi új kézirat rövid időn belül egy
ingyenes, kötelezettségek nélküli kiadói
véleményezésen esik át.**

További információkat a kiadóról és a könyvekről az
alábbi oldalon talál:

w w w . n o v u m p u b l i s h i n g . h u